大正浪漫

NATSUMI 著

YOAS OBI

『大正浪漫』原作小說

Contents 目次

大正浪漫

YOAASOBI

『大正浪漫』原作小說

序章

我很喜歡自己的名字——時翔。

這個名字是外曾祖母取的，她本來想給兒子或孫子用，但後來生的全是女兒，所以一直沒有用到。我出生之時，媽媽想起這件事，就把這個名字給我了。

為什麼外曾祖母會想出這個名字呢？

將來我才會知道理由。

第一章

時翔

二〇二三年一月。

「現在就把小考的結果發下去。」

考試結果公布得比我們想得更早，教室裡的溫度頓時提高。第三學期沒有期中考，所以小考所占的成績比例大幅增加。我們學校是國高中直升制，不需要考高中，但大家還是很在意成績。

「時翔，老規矩喔。」

樹在我後方說道。

所謂的老規矩是指比賽成績，比的是我的歷史成績和他的數學成績。我們用自己最不拿手的科目來比賽，輸的人要請對方喝果汁。但我這次一點信心都沒有。

「你的歷史為什麼這麼差啊？」

放學後。在寒冷刺骨的北風中，樹一邊喝著熱呼呼的玉米湯，一邊笑著說。

最近我每天放學都要去棒球隊練習，已經很久沒有和樹一起走了。像今天這樣不用練習的日子，我們就會把腳踏車停在我家和他家的中央，漫無目的地閒聊。

「我就是不喜歡歷史嘛。再說，背熟過去的事，對將來也沒有幫助。」

「要這樣想的話就沒完沒了了。你還是對先人們抱持著感謝之心，好好地讀書吧。」

「什麼跟什麼啊。」

「別說這個了，我要跟你談談芽衣的事。前陣子我正打算回家時……」

樹又聊起芽衣了。我很久以前就離開了游泳班，但樹和芽衣無論再怎麼忙還是繼續練習。樹還有更重要的理由，因為他和芽衣不同校，只有去游泳班才能見到她。

「你也去談戀愛吧。不快一點的話，再一年國中就要結束了喔。」

「我讀的是男校，要怎麼談啊？」

「說得也是。不過像你這種好男人一直單身未免太可惜了，如果我是女生，一定會把你列為男友的頭號人選。其他人也都這麼說呢。」

「說什麼嘛。有點開心就是了。」

「你就是這點好。哎呀，都這麼晚了。我得去游泳了，掰啦。」

「明天見。」

和樹分別之後，我牽著腳踏車慢慢走。

我家住的公寓附近有一棵樹齡超過三百年的巨大枝垂櫻，坐在樹下就會感到心曠神怡。真等不及看到現在這些花苞到了春天盛開的模樣。聽說這棵櫻花樹住了庇祐愛情的神明，所以在學校的重要時期和情人節前都會有不少人跑來。

我將來也會和誰談戀愛嗎？我接下來還得讀四年男校，或許沒辦法吧。

颼～

冷風吹得我臉頰刺痛。

似乎下雪了，我抬頭一看，期盼著春天到來的櫻花樹沙沙作響，彷彿正在對我微笑。

「我回來了。」

「回來啦，時翔。聽說考試成績發下來了？」

媽媽在家長之間交遊廣闊，所以消息非常靈通。

「呃……嗯。」

「考得怎樣？」

「這個嘛……整體看來還不錯。」

我在心中囁嚅著不想說的事實：「除了歷史以外。」為了不讓媽媽再問下去，我趕緊回到自己的房間。

我的房間收拾得還算乾淨，所以我立刻發現桌上放著一張沒見過的紙。

「這是什麼啊？」

我打開那張摺起的紙，紙上寫著「百年後」，下面列出一條條的事項。

「這是什麼啊？」

這莫名其妙的內容讓我又說了一次同樣的話。我看不懂紙上寫的是什麼意思。有時我的弟弟裕翔會在我桌上放一點都不像我的肖像畫，但裕翔的字跡沒有這麼工整。而且我完全看不懂這些內容。「會有人發明自動洗衣服的機器」？「洗衣服」？「機器」？這是在說洗衣機吧？

我完全搞不清楚狀況，就跑到客廳問媽媽。媽媽正在看電腦，螢幕上有行標題說爸爸的公司業績絕佳。可惜我的歷史成績無論如何都不可能變得絕佳的。

「媽媽，我的房間有一張紙，是裕翔放的嗎？」

「紙？我不知道。裕翔今天也有游泳課，還沒回來。你是說什麼紙？」

「呃……上面寫了很多東西，譬如百年……」

我說到一半就打住了。我說不上來這是為什麼，只是隱約覺得最好不要把那張紙的事說出去。而且如果我說「紙上寫的是預測一百年後的情況」，媽媽可能還會覺得我在胡思亂想。

「不，沒什麼。是學校發的傳單。」

「這樣啊。晚餐時間快到了，你催一下裕翔吧。」

「好。」

我一邊說，一邊拿出手機，給裕翔傳了訊息。

「對了，隔壁的鈴木太太前陣子去看了你們學校的練習賽，她說你表現得很好呢。」

「我最近都沒看到鈴木太太耶。」

「下次見到她，記得跟人家道個謝。」

「好啦。」

我回到房間，再次打開紙張。第一條說的是洗衣機，接下來是「希望洗澡水也能自動燒熱」，這件事也已經自動化了……而且這句話彷彿暗示著這個人經常燒洗澡水。話說洗浴缸還是得自己動手就是了。

不知不覺間，我每看完一條，就在紙張背後寫下現況，然後再看下一條，再寫出現況，不斷重複。我還把現在沒有的東西加入自己的願望中。

不知道過了多久。

「哥哥，吃飯了。」

不知何時回到家的裕翔跑進我的房間，我趕緊放下紙，走向客廳。

吃完晚餐，回到房間，我發現原本放在桌上的神祕紙張消失了。真奇怪。到處都找不到。這段期間沒人進過我的房間，窗子也是關著的，而且我家住的是十六樓。那張紙竟然消失了……？

到底是從哪來的？到底跑到哪去了？這一晚我不斷想著那神祕紙張的事，遲遲無法入眠。

鏘的一聲！棒球滾向三壘線。球的行進軌跡和我的預測相差太多，我拚命地把左手往右伸，好不容易抓住了球，接著站穩腳步，調整姿勢，用力把球丟向一壘。雖然我被那封神祕信件搞得睡眠不足，精神不濟，我的身體還是牢記著守備動作。

不過，應該要筆直飛向一壘手的球卻大幅偏右，讓對方的打者搶到一壘。真糟糕。竟然會在這麼簡單的地方失誤，大家都訝異地轉頭看著我，教練當然也大吼「喂！搞什麼啊！給我認真一點！」。

我回應了教練，還來不及回顧剛剛的失誤，下一位打者已經站上打擊區，所以我做了個深呼吸，擺好架勢。

今天的練習我表現得一塌糊塗。該接到的球沒有接到，就算接到了也不知道該往哪丟。我的狀況從沒這麼差過，不禁意志消沉，對全力練習的隊員更是過意不去。

「喂，時翔，你怎麼啦？」

我正在收拾東西準備回家，國中棒球隊的下一任副隊長早坂跑來找我說話。我們是直升式學校，不需要考高中，所以隊長和副隊長四月才會交接。我一看到早坂就有些焦慮，覺得自己一定要努力振作起來。早坂很注意每個隊員，看到有人狀況不好都會去關切，所以當我得知被選為下一任隊長的是我而不是早坂，真是把我給嚇壞了。

「沒什麼啦。今天老是犯些基本失誤，真抱歉。」

「別在意。如果你有什麼煩惱，隨時可以找我聊聊，不用見外。」

「嗯，感謝你。」

「幹麼道謝？真噁心。」

「我是在表達感激之意，你竟然說我噁心？」

「不需要啦。收拾好了就回家吧。」

我除了覺得早坂可靠之外，更強烈的想法是「還是讓早坂來擔任下一任隊長比較好」。我不是討厭當隊長，也不是覺得麻煩，能被選為隊長我確實很開心，但我沒有信心能做好隊長的工作。和高中學長一起練習時，會由學長負責指揮所有隊員，國中棒球隊單獨練習的時候才是問題。像我這樣的人，同年級的隊友和學弟會願意聽我指揮嗎？

到了一月底，那封信的謎團變得更深了。

我像平時一樣練習結束回到家，發現又有一封信出現在書桌上的相同位置。字跡和上次一樣工整，信中寫著我上次提到的機器名稱和創意十足的功能說明，但每一項都不太正確。

說不定這只是普通的惡作劇。是說惡作劇也沒有普不普通的區別吧。我想，還是先問對方的名字好了。

『你是什麼人？我的名字叫時翔。

機器的功能寫得不太對，建議你用手機搜尋一下。

話說你是怎麼把這張紙放到這裡的？』

「所以……你要怎麼辦？」

停在枝垂櫻下的腳踏車被風吹得搖搖晃晃。樹今天一整天都是一副無精打采的樣子，原來是芽衣為了準備考試要停止游泳班一年。我讀的是直升式中學，從來沒想過考高中的事，但是在一般人看來，我們就快要成為考生了。

「還能怎麼辦？我根本沒辦法思考。」

「也是啦。」

聽到我的回答，樹就笑了。

「有什麼好笑的？」

「沒有啦，只是覺得你對戀愛話題的反應很敷衍。」

「有什麼辦法，戀愛跟我又沒有關係。」

我也跟著笑了，但我多少還是有點羨慕樹能喜歡一個人到無法思考的地步。

「對了，你看看這個，是芽衣給我的。」

樹的手上有個繡著「必勝」的紅色吊飾。

「是為了下週的比賽嗎？」

我有點吃驚，沒想到芽衣對樹也有好感。但樹皺著眉頭說：

「是啊，但她不是只幫我一個人做，而是人人有份。」

「什麼嘛，害我嚇一跳。不過這樣也不錯啦，比賽結束以後你還是會帶在身上吧？」

「那當然。」

收到第一封信的一個月後，我終於知道對方的名字叫「千代子」。這名字雖然可愛，但是現在已經很少看到這麼古典的名字了。她和我同齡，住在東京，或許可以見面問清楚信件背後的謎底。我立刻寫信問她，能不能和我見面。

但我越看越覺得信中充滿難以理解的事，像是她認為我提到的機器全是想像出來的，而且她連手機是什麼都不知道。她到底是為了跟我開玩笑才假裝不知道，還是真的太落伍，所以什麼都不知道？雖然我滿心疑問，還是繼續和她通信，我想她遲早會玩膩這種遊戲吧。

「時翔、裕翔，我有話要跟你們說。」

吃晚餐時，爸爸突然對我們說。

「什麼事？」

「爸爸的公司明年要在大阪開分公司，爸爸可能會被派去當主管。現在事情還不確定，所以我也不知道該不該先告訴你們，總之時翔最好要有考高中的心理準備，裕翔在找要考的國中時，也順便找找看大阪的學校。」

聽到這番話，我和裕翔面面相覷。本來以為考高中和我無關，如今卻落到自己頭上，不安的情緒幾乎把我壓垮。

「將來會怎麼樣呢？」

吃完晚餐後，裕翔跑來我的房間。雖然現在還不確定要搬家，但我一想到可能需要轉學，心情就很鬱悶。我望著裕翔坐在我的椅子上擺出羅丹「沉思者」的姿勢，突然發現他背後的桌上有東西在動。

「咦？」

不對，不是「在動」，應該說是「出現」。那個東西是……

「什麼？怎麼了？」

裕翔一臉不解地看著我，正準備轉頭。

「沒事，什麼都沒有。好了，你快去搜尋學校吧。」

我急忙拿出手機，把裕翔的視線拉住。

『時翔：

我也想跟你見面。我白天都可以，日期由你來挑吧。約在凌雲閣如何？我只有在畫上看過凌雲閣，但沒有親眼見過，所以很感興趣。

千代子』

凌雲閣在哪啊？有這個地方嗎？

裕翔離開我的房間之後，我立刻搜尋了信上寫的地方，結果發現那是明治到大正時代位於東京的十二層大樓。為什麼她要跟我約在已經消失的建築物呢？

『千代子：

那我們約在這個月的最後一個星期六如何？

至於地點嘛，妳說的凌雲閣是大正時代的建築，現在已經不在了。我們還是換個地方，約在地鐵淺草站如何？

時翔』

春假將近，國二期末考的考卷陸續發了下來。

歷史考卷還沒發回來，不過我覺得這次應該考得不錯。因為考試範圍接近戰國時代，老師講課時更熱情，讓我也更有興致了。

「喂喂，這次的數學簡直是地獄嘛。」

看到樹把先一步拿到的數學考卷揉成一團，我深信這次一定會贏。如果搬到大阪，高中就沒辦法再跟他比賽了吧。我不禁有些感傷。

這一天我提早去到棒球隊。

「時翔。」

突然聽到有人叫我，嚇得我心臟狂跳。回頭一看，原來是現任隊長。

「學長好。你來得真早。」

「你也是啊。怎麼啦？你最近好像正在低潮期，發生什麼事了嗎？」

「我最近練習都沒辦法集中精神。升上國三後，我就是國中部的隊長了，應該要好好振作才對。」

「這樣啊，你很認真呢。」

學長說完之後就開始練習揮棒。我問道：

「請問學長，為什麼選我當隊長呢？早坂應該更適合吧？」

我說出了長久以來藏在心底的想法，學長停止動作，轉頭看著我。

「你在說什麼啊，你也打得很好啊。」

學長接著說。

「不過最重要的理由是你與生俱來的領袖魅力。」

「咦……」

「大家都是這麼說的：你確實不完美，但是會讓人想要追隨。由你來當隊長，再讓能幹的早坂從旁輔助，這才是最強的組合吧。」

與生俱來的領袖魅力。怎麼會……

「你自己似乎沒有注意到，所有隊員都很喜歡你。低潮期只要努力一點就能撐過去了，不用太介意。」

學長說的話太令人意外了，我不禁目眶發熱，視線模糊。

『時翔：

你說那是「大正時代的建築」？現在不就是大正時代嗎？今天是大正十二年三月二十二日，我也沒有聽過淺草站。這是怎麼回事？你不是說你和我同齡嗎？難道你不是現代人？那你的信是怎麼寄過來的？

千代子』

我不敢相信。會相信這種事的人才奇怪。試著努力相信的我或許很蠢，但是……

我查了一下，大正十二年正好是今年的一百年前。千代子的第一封信上寫著「百年後」，意思是要寄到現在的世界嗎……？

雖然難以置信，但這封信或許真是跨越了一百年的時間寄來的。我寫下了這件事，並且把今天的剪報一起放進信封，以證明我真的活在二〇二三年。這是我第一次使用信封和千代子通信，希望能像過去一樣順利地送達。

「我們已經升上高年級了啊……之後還有高中，所以我不覺得自己像高年級生。」

「總覺得國三這一年和高中三年也會一下子就過完了。」

「真可怕，我希望一輩子都能當個小孩。」

開學一陣子之後，我漸漸不再寫錯年級了。看著樹他們為一些無聊事笑得東倒西歪，我雖然臉上裝出笑容，心情卻一直很低落。我還沒辦法告訴任何人我可能要搬家的事。

如果決定要搬家，我就得告訴樹他們了，但我要怎麼向棒球隊交代呢？我本來就沒有信心能當好棒球隊的隊長，如今甚至有可能要為了準備考試而退出球隊。我第一次埋怨起直升式學校的球隊因為不用應考所以沒有兩年就退出的習慣。

不過，大正時代的千代子昨天寄來的信很有趣。她得知信件跨越了一百年的時間非常吃驚。這是理所當然的。

『時翔：

那你是未來的人嗎？你住在一百年以後的東京嗎？我看到剪報了，我很想相信，但又不敢相信。我想，這應該是真的吧。

一百年後的東京是什麼樣子呢？我想知道你那個時代所有的事。

千代子』

信裡充滿了問號。她真是個好奇寶寶。

一想起千代子的信，我就不自覺地揚起嘴角。我不太清楚要從哪裡說起這個時代的事，總之還是努力地寫了很多。我提到現代的高樓大廈很多，綠地很少，但我家附近有一棵很大的古老枝垂櫻，還有很多時髦的商店，但裡面全是女孩子，我不好意思走進去。關於機器的事，我把第一封信提到的機器功能解釋得更詳細，還說我最想讓她見識的東西是手機。

說到機器的事，我就想起千代子的第一封信，所以我告訴她我也要幫忙洗衣服，非常辛苦。以前家事都是女性負責的，但現在有很多男性會幫忙做家事。

為了解釋清楚，我重寫了好幾次，寫完時都超過晚上十二點了。

完全投入於棒球隊活動的黃金週結束了。我回到家，走進客廳，看到媽媽正在用電腦。

「你回來啦。爸爸已經確定要去大阪了喔。」

我心想，果然是這樣。雖然很不情願，但我早已做好了心理準備。媽媽電腦上顯示的似乎是新家平面圖。

「媽媽，妳不討厭搬家嗎？」

「這個嘛……媽媽可以在遠端工作，也不排斥認識新朋友。你和裕翔的人緣都不錯，用不著擔心，所以媽媽不討厭搬家。你們的考試一定也沒問題的。」

「妳這麼大的信心是哪來的啊？」

可以的話也分一點給我吧。

這個不重要，重要的是我該怎麼告訴大家我要去讀其他高中呢？雖然不能在棒球隊待完三年，但我至少希望能和大家並肩奮戰到暑假結束。真的有辦法做到嗎？

『時翔：

我家附近也有一棵很大的古老枝垂櫻，非常漂亮，如果我家也有附近照相館的那種照相機，真想拍張照片寄給你看。

你的生活好像過得很舒服呢。冷氣機是什麼啊？是附了很多扇子，會自動搧風的機器嗎？

我想像不出智慧手機是怎樣的東西，從文中看來，好像跟寫信差不多吧。不過我知道電話可以用來跟遠處的人說話。每人都有一臺還真是方便。

還有，你說你們的時代有很多女人會出去工作。我很喜歡做家事，但也想試試看出去工作。有辦法兩者兼顧嗎？在我們時代所有東西都要用手洗，洗澡也得每天劈柴燒水，很辛苦唷。做家事好像能鍛鍊身體，力氣都變大了，真覺得不好意思。

千代子』

決定要搬家的幾天之後。今天練習結束後，我終於向隊員們報告了要退出球隊的事，也說出我雖然無法參加秋季的比賽，但還是想要待到暑假結束。我本來以為大家聽到我這麼任性的要求會很不高興，甚至會覺得我沒有責任感，所以一直難以啟齒，但大家雖然錯愕，還是接受了。早坂還哭著鼓勵我說：

「時翔，我永遠都會支持你的，要加油喔。」

我很想吐槽他「暑假結束之前我還不會走啦」，結果連我都哭了。

「謝謝，我會加油的。」

「為了幫時翔加油，三年級隊員一起去吃拉麵如何？還有時間吧？」

「你只是想吃拉麵吧。抱歉，我還得跟教練談談今後的事，明天再去吧。」

「好吧，我會好好期待的。」

「那就先這樣啦。」

和教練談完後，我去停車場牽車，發現樹也在那裡。

「你怎麼拖得這麼晚？游泳班呢？」

「今天游泳班放假。我剛剛在教室和長野他們聊天。我們走吧。」

我和樹一起騎腳踏車離開學校。我還沒告訴他我要搬家的事，但他可能明天就會從棒球隊那邊聽到了，所以我本來打算今晚打電話跟他說的。因此我現在雖然有機會告訴他，卻遲遲說不出口。

我跟樹從國一就是無話不談的好朋友，但這次情況不同，正是因為我們感情很好，所以我更說不出口。該在什麼時機開口？該露出怎樣的表情？我越想越不知道該怎麼做。

「昨天我妹妹看到你的照片，就說『時翔臉上的痣好像夏季大三角呢』，讓我笑翻了。」

「這麼一說確實挺像的。」

「就是嘛。」

我像平時一樣和樹言不及義地閒聊，但腦袋還在拚命地運轉。

在拖拖拉拉之間，來到了我們平時分別的地方。從這裡看得到枝垂櫻。我心想「這是最後機會了」，於是停下腳踏車。

「樹，其實我明年就要去大阪了，還有……」

「我知道。你要考高中，對吧？」

「咦？你怎麼知道？」

「是我媽昨天跟我說的。所以我一直在等你告訴我。」

「原來如此……不好意思，這麼晚才跟你說。我一直思考要在什麼時候告訴你。」

「我想也是。考試好好加油。去大阪之後也要保持聯絡喔。」

「嗯，明天見。」

我的眼淚都快掉下來了，急忙跟樹道別。我原本不明白為什麼樹跟長野他們聊了那麼久，卻一個人待在停車場，現在終於懂了。大家都是一放學就準備回家，他一定是為了等我，才會故意找理由單獨留下來，因為他知道我在人多的時候一定說不出搬家的事。我的朋友都對我太好了，棒球隊的朋友是這樣，樹也是這樣。

『千代子：

現在已經五月了，沒有櫻花，但我還是拍了附近那棵枝垂櫻的照片一起寄過去。原來你們的時代也有照相機啊。

冷氣機在天氣熱的時候可以把室內的熱氣排放到室外。妳想像的扇子構造很有趣耶。

妳的力氣很大嗎？靠著做家事來鍛鍊身體真是了不起。如果我跟妳比賽，一定是我會輸吧。我的個性優柔寡斷，力氣也不大，自己都覺得可笑。

時翔』

我總是在寄出信件的二十天後收到回信。我一定都會當天回信，千代子說她也是一樣，由此可見信件要花十天才能送到對方手上。不過這次千代子的回信來得比較慢。

『時翔：

我嚇了一大跳呢，你寄來的櫻花樹照片和我家附近的那棵一模一樣。雖然我們活在不同的時代，但我們或許住得很近喔。

冷氣機可以把室內的熱氣排放到室外啊？真厲害。簡直就像夢想的世界。

不過你那句「一定是我會輸」讓我有點受傷。附近的男生都笑我「明明是女生卻那麼凶又那麼壯」，讓我很難過耶。真不希望連你也說出那種話。

千代子』

看了信之後，我有點困惑。我不明白她為什麼難過。不，我理智上可以理解，但我是因為很羨慕她的強悍才會稱讚她，她的反應真是令我不知所措。我到底該怎麼回覆才好呢？我平時被人誤會都只是說一句「對不起」，盡量大事化小、小事化無。但我不想用這種方式敷衍千代子。既然她誤會了，那我就該解釋清楚。

『千代子：

不是啦，我是真的覺得妳很厲害。我又跟妳沒見過面，卻說我跟妳比賽一定會輸，或許說得太過火了，但我不認為女生不應該強壯，妳不需要把別人的玩笑話放在心上。我希望妳可以做妳自己……我也不知道自己在說什麼，總之我覺得妳保持原樣就好了。

時翔』

我自己在重讀時，讀到後面就臉紅了，我搞不懂自己到底想說什麼。即使如此我還是想把這封信寄出去，反正我和千代子一輩子都不可能見面。應該只有這個原因吧。

二十天後，我準時收到了千代子的回信。她迅速回信讓我很開心，從信中的文字也能看出誤會已經解開，讓我鬆了一口氣。

『時翔：

是真的嗎？從來沒有人對我說過這種話，所以我不太敢相信。但我看了很開心，感覺自己的一切都被接納了。

你之前說過自己的個性優柔寡斷，但我不這麼想。因為你可以為了我、清楚地向我解釋自己的想法。謝謝你。

千代子』

「哥哥！想要約喜歡的女生出去該怎麼做啊？」

這天自習結束後，我正想回信給千代子，裕翔卻跑進我的房間。

「該怎麼做啊……你喜歡的人是同班同學嗎？」

「不是，是游泳班的芽衣。哥哥應該也認識她吧？」

這熟悉的名字讓我以為自己聽錯了。喂，芽衣跟我一樣大耶。更糟糕的是，樹喜歡的人也是芽衣……

「哥哥？」

「啊，沒什麼。我想一下。我也沒談過戀愛，不知道該怎麼做。我會再想想看的。」

「真的嗎？謝謝。」

雖然我說要再想想，但我覺得自己一定幫不上忙，裕翔似乎也不期待我能給出什麼好建議。但我有一種預感，事情一定會演變得很複雜。

「時翔，你覺得我暑假可以約芽衣出去玩嗎？你也是考生，所以我想問問你的意見。」

上課時間到了，老師還沒來，教室裡充斥著一股期待的氣氛。總覺得下午第一堂課有很多老師會忘記上課，不知道是不是我的錯覺。雖然班上一片興奮，但我聽了樹的詢問只覺得頭痛。

我猜壞事都特別準，這算是一種才能嗎？其實當我知道樹和弟弟都喜歡同一個女生時，就已經註定會左右為難了。

「呃……考生當然會想放鬆一下……不過讀書也很重要……」

我這種不置可否的回答讓樹也很頭痛。

「什麼嘛。那我到底該怎麼做才好？」

我才想問你咧。當我在心中深深嘆氣時，值日生終於覺得事情不妙，跑出去找老師了。

『千代子：

謝謝妳幫我說話，但我真的很優柔寡斷。我弟弟和我的好友喜歡上同一個女生，我到現在都不知道該幫誰的忙，只能用含糊的態度面對他們兩人。我從小就是這樣，碰到重要的事都很難下決定，總是在為某些事煩惱。

對了，妳收到這封信時應該是七月了吧？妳知道夏季大三角嗎？那是辨識夏季星座的指標，我的朋友說我臉上的痣就像夏季大三角。只是一件無聊的事，反正想到就寫下來了。

時翔』

第一學期的期末考總算結束了。大家都是一副解脫的樣子，但我還是每天忙著社團活動和補習。

考生最關鍵的暑假就要來臨了。雖然每天都很忙碌，但我並不討厭這種生活。

信寄出之後已經過了二十天。千代子的回信應該快到了。

「你回來啦，時翔。嗯？看你一臉開心的模樣，你交到女友了嗎？」

聽到媽媽這麼說，我才發現自己面帶笑容。是說我為什麼會這麼期待千代子的信呢？

「沒有啦。怎麼可能有嘛。」

我一邊說一邊走回房間……來了，果然來了。我迫不及待地拆信，匆匆地打開信紙。

『時翔：

我覺得你並不是優柔寡斷，你會這麼猶豫，證明了你是真心在對待弟弟和朋友。雖然我和你沒見過面，說這種話沒有說服力，但我覺得你身邊的人一定都很喜歡你，所以你不用太擔心啦。

我沒聽過夏季大三角，不過臉上的痣像星星的說法還挺有趣的。

說到夏天，最近有很多人因季節轉換而身體不適，你也要多注意，別感冒了。

附註：你的名字要怎麼念啊？這麼晚才問你真是不好意思，可以告訴我嗎？

千代子』

我的確沒跟她說過自己名字的讀音，不過她未免太晚問了吧！是因為錯過了時機嗎？感覺還挺可愛的。

對了，千代子說過我那番話讓她更能接納自己了，其實我也一樣，一想到我不需要改掉這種優柔寡斷的個性，就覺得很開心。我想，我像從前一樣繼續支持樹和裕翔就好了。

真希望我和千代子不只有通信，而是可以直接見面聊天。

我又想起了媽媽剛才那句「交到女友了嗎」。

如果千代子成了我的女友……

『千代子：

謝謝妳，妳的話給了我很大的鼓勵，我好像可以擺脫長年的煩惱了。

感謝妳關心我的健康狀況。妳也過得好嗎？我今天考完期末考，接下來就是等著放暑假了。

依照妳的個性，一定會很好奇地問「什麼是期末考？」、「你們時代的暑假是怎麼過的？」。

期末考是用來測驗學生還記得多少在學校裡學到的知識。這次的考試範圍到江戶時代為止，到秋天就會開始學習你們那個時代的事了。

暑假是一個月左右的假期，有很多作業要寫，還有社團活動，其實還挺忙的，但是跟朋友出去玩非常開心。

妳現在才問我名字的讀音也太慢了吧（笑）

我的名字讀作Tokito。這個名字不常見，但我很喜歡。

我現在是考生，為了考上好學校必須用功讀書，妳的信件讓我放鬆了不少，真的很謝謝妳。

時翔』

「你數學是怎麼開竅的？」

在一如往常的櫻花樹下。樹打開了汽水罐，清脆的聲響彷彿令暑氣一掃而空。

我的歷史成績和樹的數學成績一直都是墊底的，但是看看今天發下來的期末考結果，樹竟然拿到名列前茅的成績，而我的歷史雖比平時好一點，卻只是低空飛過。我的其他科目都因為勤勉用功而進步了，只有歷史怎麼讀都記不住，幾乎快要放棄了。我也懶得在課前先預習，一年後的大考恐怕不太樂觀。

「才不是什麼開竅，這是我苦讀的結果。我是為了激勵你。」

樹應該不是在說謊，但是看他一副興高采烈的模樣，想必還有其他原因。譬如說，考到幾分以上就要向芽衣告白之類的。鐵定是這樣。不過能因此大幅進步也挺厲害的啦。

「那真是太感謝你了。下一次我絕對不會輸的。」

「好啊，儘管放馬過來。對了，你和芽衣是同一間補習班吧？你能不能幫我問問看她有沒有男友？」

樹雙手合十，表情真摯地拜託我。

「好吧，下次碰到再幫你問。」

「真的嗎？謝謝你！」

樹宏亮的聲音響徹藍天。

到了第二學期也要繼續努力學習歷史。多跟千代子聊聊吧。

我迅速地騎著腳踏車，騎到滿身大汗。聽說近幾年的夏天溫度都高到破紀錄，不知道一百年前的夏天是怎樣的？

『時翔：

謝謝你的來信。我每天都過得很好。

抱歉抱歉，我這麼晚才問你名字的讀音。要念Tokito啊？很好聽呢。

你猜到了我會對期末考和暑假感到好奇，真是令我開心。

暑假也要好好讀書喔，我也會一邊期待著你的來信，一邊努力做家事和照顧弟弟們。你到了秋天會開始學我們這個時代的事啊？我也很想知道，不過若是事先知道，今後的生活就不好玩了。我經常想像今後的情況，還有你所在時代的情況。

我今天和時髦的朋友一起去了銀座磚瓦街，看到一位擦大紅色口紅的漂亮姊姊，我暗自決定，將來也要變得像她一樣。真希望能漂漂亮亮地和你見面。

千代子』

銀座磚瓦街。大紅色口紅。

就算相隔一百年，就算那個時代不像現代一樣便利，青春還是一樣閃閃發亮。

我不自覺地想像起千代子被陌生男人搭訕的情景。

此時我才突然驚覺，我喜歡上千代子了。

「喂，時翔，沒事吧？你的眼神都失焦了。」

老師這麼一說，全班哄堂大笑。我比大家都晚加入，本來還很擔心會跟同學處不來，不過補習班的老師和同學都溫暖地接納了我，不知不覺間，我就像在學校一樣成了被調侃的對象，真是不可思議。

「對不起，我在發呆。」

「搞什麼嘛，我這麼精采的授課應該要專心聽才對啊。而且我們已經講到六十八頁了，你怎麼還在五十九頁啊？」

「真的嗎？」

「我得罰你才行，你來前面解這道題目。」

「是。」

雖然我沒在聽課，但我昨天有先預習過，應該解得出來。我拿著粉筆在黑板上寫出算式。

「什麼嘛，你竟然會寫。」

老師一副不甘心的模樣又把大家逗笑了。

我也笑著說「對不起」，但腦袋又開始想千代子的事。我從剛才就一直在想，這次寄給她的信中要寫些什麼。

課堂結束，我走出教室，正好撞見從隔壁自習室走出來的芽衣。

平時我都是揮揮手就走了，而且我也不太想打聽人家的私事，但是為了樹和裕翔，我還是開口說：

「芽衣，我有個奇怪的問題要問妳。」

「什麼？」

「那個，妳有男友嗎？」

芽衣作夢都想不到我會問她這種問題，露出了困惑的表情。

「咦？為什麼這樣問？是沒有啦……」

「抱歉，只是突然想到，別在意！」

「喔……嗯。那就下次見啦。」

我一邊向芽衣揮手，一邊悄悄感到安心。任務順利完成，而且樹和裕翔有希望了，我鬆了一口氣，感到全身虛脫。

「……聽說沒有。」

「真的嗎！」

我早就決定，要等到裕翔問我芽衣有沒有男友，我才能告訴他。就算他是我弟弟，我也不該主動告知他這種事。不過裕翔的直覺比我想得更敏銳，他早就猜到我一定知道。

「那我應該什麼時候去跟她告白呢……」

我還在擔心自己不該說出芽衣的私事，弟弟不經意的自言自語又令我大吃一驚。

「咦？你已經決定要告白了？」

「當然啊，不告白一定會後悔的。」

「是沒錯啦……」

這就叫初生之犢不畏虎嗎？還是我太沒勇氣了？今後的情況真令人擔憂。

「別說我的事了，哥哥也要努力喔。」

「啊？努力什麼？」

「哥哥也有喜歡的人吧？是補習班的同學嗎？」

聽到裕翔說得這麼肯定的樣子，令我不知該如何是好。他的直覺真的很敏銳。

我本來打算順勢找裕翔當戀愛顧問，想想還是算了。不只是因為他不會相信跨時代通信，也是因為我想好好珍惜千代子的信和我的感情。「想好好珍惜」說起來很好聽，其實我只是不想讓其他人知道千代子的事。

雖然裕翔鼓勵我，叫我也要努力，但我實在不知道該怎麼做。我也想向她表明心意，但是……

『千代子：

妳長大以後一定會變漂亮的。我們再過五年就是大人了呢。

雖然妳說不想知道將來的事，但是妳寄來的第一封信已經猜到很多將來會發明的東西了耶（笑）

希望妳能長命百歲，有機會用用看洗衣機，一定會很感動的。

如果妳真的活得很久，會不會見到小時候的我呢？

我們都住在東京，並不是沒有可能。

就算只看一眼也好，我也好想見妳。

時翔』

我也好想見妳，因為我喜歡妳。

我把最後一句話吞了回去，沒有寫出來。我不敢寫得那麼直接。

雖然我們兩人生於不同時代，沒有機會見面，我卻被外柔內剛的千代子深深吸引。雖然千代子對自己的好強感到自卑，但我真的覺得她很迷人。

不過她只是因為跨越時代的通信很有趣才寫信給我，如果她聽到我說這種話，一定會嚇到的。

還是等通信久一點再告訴她我的心意吧。

我如此說服自己，放下了筆。

如今回頭想想，在我還以為這些信件是惡作劇的時候，我就因為想問出信件的祕密而向千代子表示過「想要見面」。當時我一點都不緊張，老實說，我也不在乎她會怎麼回答。

但我現在光是寫一句「好想見妳」就花了很多時間，而且迫不及待地想看到她的答覆。

原來喜歡一個人的心情是這樣的。好想每天和她對話，光是寫信還不能滿足。

如果可以寄手機給她就好了，這麼一來我們每天都能交流，也可以聽到她的聲音，我們還能對著螢幕相視而笑。

如果努力是有配額的，我在這個暑假可能已經用完一輩子的努力了。無論是社團活動還是課業，我都是全力以赴。

今天終於到了暑假最後一天。這天我就要離開棒球隊了。

「可以和大家一起打球非常開心。難得我被選為隊長，卻不能待到最後，真的很抱歉。謝謝大家長久以來的照顧，今後我會繼續為你們加油的。」

高中學長、國中的學弟，還有同年級的隊友。我看著大家的臉做了最後的道別。說完以後，聽到的是熱烈的鼓掌和「謝謝你」、「加油喔」。

大家不只接受我在暑假退出球隊，還為我的高中考試加油，真不知道該怎麼感謝他們。

「時翔，這是大家送你的。有空再來玩吧。」

早坂給了我一張紀念卡，看到上面寫著一行「有時翔這個隊長真是太好了」，我的淚水立刻潰堤。這句話讓我終於擺脫了自己不適合當隊長的想法。

「你回來啦，時翔。最後一次的社團活動開心嗎？」

「嗯，妳看，這是大家寫給我的留言。」

「哎呀，真好。我得拿去裱框才行。對了，時翔，你的暑假作業寫完了嗎？」

「好不容易寫完了。裕翔一定還在拖。」

「就是啊，他今天回來之後就一直關在房間裡。真是學不乖。」

媽媽嘆著氣說「他今晚一定又會哭著求人幫忙寫作業」的樣子還挺逗趣的。

我打開房門時，信封正好落在桌上。

我等千代子的回信已經等很久了，信封不知為何封得比平時更嚴密。

那封「好想見妳」的信寄出超過二十天都沒有收到回信，我還以為那些話讓千代子覺得反感，擔心得要命，還好她只是回信慢一點而已。

我又沒有向她告白，只是寫了「想見妳」，拆信的時候卻緊張到雙手發抖。

『時翔：

謝謝你的來信。

我確實知道了很多事。我好想用用看洗衣機，還有冷氣機，如果我家有冷氣機，在現在這種炎熱的季節鐵定不想出門。我好想去跟大家炫耀說未來會出現哪些東西，但大家一定不會相信我。真不甘心。

我答應你，一定會活到和你見面的時候。

如果可以見到你，我有些話想告訴你。其實現在就說也行。

時翔，我喜歡你。

我好想見你。

好想和你牽著手走在東京的街頭。

若能實現心願，要我去哪個時代我都願意。

突然說這種話真是抱歉，你一定覺得很肉麻吧？你想把信丟掉也沒關係，不需要勉強回覆，我只是想把這些話告訴你。

千代子』

我全身發燙。

千代子喜歡我……？

手牽手走在東京街頭……？

我又驚又喜，興奮得忍不住大叫。媽媽和裕翔都跑來抱怨，但我才顧不了那麼多。

我也想跟千代子手牽手，想跟她一起漫步街頭，想跟她一起到處跑。

不過，我得先向她表明我的心意。

就在此時，窗外落下水滴。

滴答的水聲逐漸變成雨聲，沒過多久又變成了豪雨，似乎在嘲笑氣象預報說這週都會是晴天。

我正恍惚地想著還好最後一次社團活動沒遇到下雨，就聽到媽媽在陽臺叫我幫忙收衣服。

「難得氣象預報這麼不準。人終究還是勝不過自然啊。」

媽媽這句無心之言深深地烙在我的心中。

這天晚餐後，我漫不經心地望向爸爸正在看的新聞節目。

我心想該回房間準備明天的事了，不對，應該先回信。正準備起身時，播報員說的話卻讓我的腦袋變得一片空白。

「明天就是關東大地震一百年紀念日。」

關東大地震。就連不擅長歷史的我也知道那是前所未見的大災難。

我急忙拿出手機，搜尋關東大地震。

發生時間是一九二三年九月一日。死亡人數十萬五千人，光是東京就有七萬人。

這駭人的龐大數字令我嚇得屏息。

……別慌，千代子又不見得會出事。我越想這樣相信，就越止不住淚水。為什麼我沒有更勤奮地學習歷史呢？不該把這件事丟到第二學期的，真希望我至少事先預習了大正時代的部分。

現在就去寫信吧，叫她逃得遠遠的。

原本心心念念的告白一事已經被我拋到腦後，我心急如焚地寫信。希望奇蹟發生，讓這封信盡早寄到她的手中。

不是一定要十天才能寄到吧？神啊，求祢幫幫忙，我什麼都願意做。

『千代子：

我要拜託妳一件事。請妳立刻帶著親友去遠處避難。

明天東京會發生難以想像的大地震。

安頓下來之後再寫信給我。我會一直等下去的。

時翔』

我懷著祈求的心情匆匆寫下這幾行字，把信放在平時的位置。

希望千代子平安無事。

第二學期開始後，天氣還是一樣炎熱。在那之後，我顧不得準備考試，拚命調查大正時代的事，尤其是關東大地震。我查了又查，看了無數個類似的網站。

拜此所賜，我在學校教到之前已經對大正時代非常熟悉了。就是因為太熟，我現在上歷史課反而為了不同的原因而感到無聊，而且我實在不想再聽到大正時代的事。

「這些國家組成了國際聯盟……」

我知道。

「當時簽訂了九國公約……」

這個我也知道。

「喂，時翔，你有在聽嗎？」

「啊？」

突然聽到自己的名字，我猛然抬頭，發現老師正站在我面前。

「那你接著念下去。」

「……是。」

我翻到老師說的那一頁，最先看到的就是粗體印刷的那一行「關東大地震」，不禁愕然屏息。不行，我念不出來。

我早就被歷史老師盯上了，經常被叫起來念課文。但是……

大家都擔心地看著我。

「老師，我幫他念吧。」

我聽得見樹挺身而出的發言，也聽得見老師對我的關切，但我的腦袋像是蒙著一層霧，什麼都聽不進去。發冷的手一翻開書頁，就看到帶著燦爛笑容走在街頭的大正時代女孩。符合摩登少女之名、穿著時尚洋裝的女孩們的眼中充滿了希望。我突然想起昨天搜尋到的凌雲閣崩塌的照片。千代子說過想去看看的那棟建築物也因為地震而死了很多人。

「你是怎麼了？」每次聽到人家這樣問，我都有一種無能為力的感覺。

我什麼事都沒有。

但我沒有保護好千代子。

呼出的白煙在空中消散。已經到了隆冬時節。

我還是持續地等著，卻始終等不到千代子的回信。

樹和裕翔的愛情都很乾脆地結束了，乾脆得令人意外。他們兩人都在聖誕節前向芽衣告白了，但芽衣說「我有喜歡的人了」，拒絕了他們。

「樹，我們努力至今到底是為了什麼啊？」

「裕翔，別難過，我們一定還會遇到喜歡的人。」

兩人失戀之後突然變得意氣相投，雖然才剛被甩，好像還是過得很開心。

「哥哥也快去找個喜歡的人吧。你不是也失戀了嗎？」

不知道真相的裕翔如此說道，再次刺痛了我的心。

補習班下課後，我一邊裹上圍巾一邊從櫃檯前經過，剛好和正在跟補習班老闆聊天的芽衣四目交會。雖然我問過她的私事，但我們平時很少交談，所以我像平時一樣，揮揮手就準備離開。

芽衣突然叫道，我轉頭一看，她正朝我跑來。

「時翔，等一下！」

「不好意思，你現在有時間嗎？」

我看看時鐘，點了頭。我們一邊聊著課業一邊走下樓梯，在自動販賣機買了飲料。正巧休息區現在沒有人。

「對了，芽衣，上次問妳的私事真是抱歉，希望妳今後可以和樹及裕翔繼續好好相處。」

趁著還沒忘記，我先開口說道。擅自把她的私事告訴了樹和裕翔讓我很內疚，但我一直沒有機會向她道歉。

「當然，他們兩人都是我的好朋友。是我自己沒有把話說清楚，只是含糊地回答我沒有男友，我才覺得不好意思。」

「那就太好了。聽說妳有喜歡的人，我會為妳加油的。」

芽衣聞言就吸了一口氣，然後鼓起勇氣開了口。她握著罐裝熱可可的雙手微微地顫抖。

「時翔，關於這件事……」

她欲言又止地說起心上人的事，眼中浮現淚光，讓我又一次意識到愛情的苦澀。芽衣、樹和裕翔為什麼不能得到幸福呢？雖然無法讓每個人都實現心願，但我還是忍不住思索有什麼辦法可以幫助他們。

警衛在關門時間出來巡邏，看到我們就說「讀書辛苦了，加油喔」。我一口喝光變涼的奶茶，走到一樓，芽衣突然說「我有東西忘了拿，你先走吧」，所以我向補習班老闆打了招呼就走出去。寒風鬆動了我的淚腺，我把還拿在手上的圍巾裹起來。

補習班老闆在一樓櫃檯和一個像是畢業生的女性說話。我沒有仔細看，想必她的表情一定很開心。現在的我只覺得，她和我們的心情真是天差地遠。

新年到了，差不多要進入考前的最後衝刺了。我和千代子開始通信也快滿一年了。

『千代子：

妳沒事吧？沒受傷吧？

上次妳說妳喜歡我，我真的好開心。

我也喜歡妳，沒有早點告訴妳真是對不起。

我們有朝一日一定能再見的。

希望妳過得幸福。

時翔』

我又寫了好幾封信，但是沒有一封寄到她那裡去。無論我怎麼寫，信件都不再像從前一樣消失，所以累積得越來越多。

我還有好多話想講，還有好多事想問。

如果我在還能通信的時候更懂得把握機會就好了。

四月。新學期開始的前一天，離開東京的日子終於來了。

我跟大家說過一大早就要出發，但樹和早坂還是跑來送我。

「時翔，不要忘記我們喔。」

「我不會忘記的。」

我離情依依地坐上了車。

「謝謝你們，我會再跟你們聯絡的。」

「好，你想每天聯絡也行。」

不管去哪裡，不管隔得多遠，我和樹他們還是可以靠著小小的手機彼此聯繫。

經過這一年的苦讀，我在上個月順利考上了第一志願的高中。

那是大阪的理科高中。我會去考那間學校，是因為想要成為機器發明家，讓人們將來的生活更便利。

我真想告訴千代子這個目標。她一定會好奇心十足地問我「真厲害，你想製造什麼機器？是怎樣的構造？有什麼功能？」。

汽車發動。我看見車窗外的枝垂櫻。

上週的雨把櫻花全打落了，彷彿包容了一切、溫柔搖曳的樹枝卻比平時更閃亮耀眼。

第二章

千代子

元旦的夜晚很長，因為晚餐吃的是除夕準備的年菜，不用另外準備，收拾起來也很輕鬆。

風聲聽起來比平時更近，大概是因為弟弟們很早就睡了。昨天他們因為跨年而熬夜，所以今天從早上開始就是一副睡眼惺忪的樣子。

我拉開抽屜想要拿書，此時媽媽拉開紙門，探頭進來。

「千代子，妳還醒著啊？」

「嗯，要睡了。」

我一邊說，一邊用書本蓋住桌上的紙，關掉電燈。

「明天還要出門拜年，早點睡吧。鄰居們中午會過來，還得準備他們的午餐喔。」

「我知道了，謝謝。晚安。」

「晚安。」

為什麼我們女人沒辦法做自己想做的事呢？最近和別人說話時，我常常會想到這個問題。

我喜歡看書，包括數學和理科我都喜歡，但我在家裡總是忙著做家事，幾乎沒有時間讀書，在女子學校也只能學習縫紉和廚藝之類的事，真是令人厭倦。

就算是女人也不見得擅長做家事。我想起了昨天跑腿回來時，看到鄰居信子被母親責罵「晾衣服之前怎麼沒有擰乾」而哭泣的模樣。看她那麼可憐，我忍不住跑去幫忙了，但是就算度過了昨天，她這輩子還是擺脫不了洗衣服的工作。

「誰有辦法每天做那麼麻煩的工作啊？」

我在陰暗的房間裡喃喃自語，聲音立刻消散在黑暗中。

如果有工具能幫人把洗好的衣服擰乾、讓人輕鬆一點，不知該有多好。不，這樣還不夠。如果有一種機器可以從洗衣服開始包辦一切就好了。

除了洗衣服之外，還有很多辛苦的工作，像是燒洗澡水，煮飯也很麻煩。

我知道眼前是不可能了，十年或許也還不夠。

希望我將來的兒子或孫子能生活得更輕鬆。

如果生了女兒，我也希望她有時間自由地做自己想做的事。

我又打開了剛剛關掉的電燈，發揮想像力，把我希望未來會發明的機器寫在手邊的紙上。

最後，我在上方寫下「百年後」。我沒有堅持一定要一百年，只是覺得如果寫了五十年，到時卻沒有實現，我一定會很難過。我相信就算自己活著的時候還沒有那些機器，將來還是會出現。

回過神來，我才發現自己寫了很久，趕緊在十二點前關掉電燈，鑽進棉被。

我忘記把紙收起來了，反正我明天會早起，不需要擔心被別人看見。

我一邊想著這些事，在睏意中閉上眼睛。

隔天早上，我被媽媽在廚房開窗的聲音吵醒了。

我昨晚睡得比平時更沉，但我隱約記得做了個奇怪的夢。

我在夢中寫信告訴某人「我喜歡你」。我怎麼會做這種夢呢？別說是告白了，我現在連喜歡的人都沒有。

我走到廚房，媽媽已經在準備早餐了。

「媽媽，早安。」

「喔，千代子，早啊。妳不用幫忙做早餐，快去換衣服吧。等爸爸他們起床之後就立刻吃早餐，然後去向鄰居拜年。」

「是。」

用冷水洗臉之後，我坐在媽媽的梳妝臺前。

我一邊梳頭，隨手拉開抽屜，看到很多不知道該怎麼用的化妝品，還有幾條口紅。

「哇，好可愛。」

我發出讚嘆，拿起裡面最紅的一條。媽媽說過如果要塗口紅只能塗淡一點的顏色，今天應該沒關係吧？

思索再三，我最後還是選了最淡的口紅。

大紅色口紅還是留到我最重要的日子再嘗試吧。

最重要的日子是指什麼呢？真的會有那一天嗎？我不知道。但是遲早會有那麼一天的。

我回憶著今天早上的夢，一邊對著鏡中稍微變得亮麗的自己微笑。

「新年快樂，今年也請你們多多指教。」

人們溫暖的笑聲充斥在我家的客廳。在附近拜過年後，鄰居們依照慣例聚集在我家。我們直到幾年前還會請人來幫忙，但是因為家計問題，現在爸爸都不雇幫手了。

「千代子，謝謝妳昨天幫我洗衣服。我以後會努力靠自己完成的。」

信子進來拿大家的午餐時，再一次地向我道謝。話聲才剛落，老是愛捉弄我的那些男孩經過廚房外，說了「千代子真的很強壯耶，明明是個女生」、「不只體力，連脾氣都很好強」。

「抱歉，我弟弟把妳昨天來幫忙的事說出去了。」

信子內疚地低下頭，我笑著說「沒關係啦」。

「倒是妳別太勉強自己，需要幫忙就跟我說。」

我端菜到客廳時，弟弟正在和朋友們玩笑福面遊戲。（註1）信子看到那張左眼拼歪的臉孔就笑翻了。我記得我的房間裡還有一套遊戲，等

註1　蒙著眼把五官零件放到畫有臉型輪廓的紙上。

吃完飯再拿出來吧。

在客廳的另一端，爸爸他們正在喝酒。雖然過年時有很多家事需要我幫忙，但我還是喜歡過年時開心祥和的氣氛。

「夫人，今年的烤鯛魚也很好吃喔！」

我正要回廚房時，信子爺爺的聲音從背後傳來。

「今年的鯛魚是千代子烤的。」

「這樣啊？千代子的手藝真好。」

我嘴上客套了幾句，但我也覺得自己今天烤得特別好，所以聽到稱讚就非常開心。

今年一定也是個好年。我的心中充滿吉祥的預感，自然地露出微笑。

午餐過後，我回房間找笑福面遊戲，卻發現昨天那張寫著「百年後」的紙不見了。

我早上忘記把紙收起來了，一想到自己的白日夢可能被人看見，我不禁羞得滿臉通紅，急忙在房裡四處尋找，從桌子周圍找到棉被底下，還是沒有找到。那張紙跑到哪裡去了？難道是弟弟們拿去塗鴉了嗎？

不能一直在這裡拖拖拉拉，我只好拿著笑福面遊戲回到客廳。

「我放在房間桌上的那張紙是不是你拿走的？」

「我今天沒有進姊姊的房間啊。」

「真的嗎？」

「怎麼了，千代子？瞧妳那副緊張的樣子。」

「呃，沒什麼事啦。笑福面遊戲玩得怎樣了？」

因為媽媽跑來關切，我趕緊拿起手上的笑福面遊戲，硬是轉開話題。弟弟們不像在說謊，那張紙到底去哪了呢？

「姊姊，不要一直看書啦，跟我們出去玩嘛。」

「一起出去打雪仗嘛。」

我最近把陪弟弟們玩的時間都用來查閱書本了。

幾天前出現了一封信，像是在回覆元旦消失的那張紙，之後我又寫了回信，放在桌上，信卻在我的注視下憑空消失了。

這是什麼把戲？到底發生了什麼事？

我非常好奇，但別人一定不會相信，所以我沒有告訴任何人。可是我自己翻了很多書也找不到答案。

「姊姊。」

「真是的，你們去找朋友玩啦，我會送你們去的。」

我陪著兩個弟弟走到不遠處的信子家。路面都結凍了，走起來很滑。

「哎呀，是千代子啊。孩子們都在裡面，快進來吧，外面一定很冷。」

信子的媽媽出來接待，我不進去就太失禮了，所以在玄關脫下鞋子，擺在弟弟的鞋子旁邊。弟弟們已經興奮地衝進屋內了。

「歡迎。」

信子來到客廳，為我泡了熱茶。我用雙手握著茶杯，凍僵的手漸漸恢復了知覺。

「嘿，千代子。」

信子端正地跪坐。

「我們將來會跟怎樣的人結婚呢？妳喜歡怎樣的男性？」

這陣子我和朋友在一起，聊的都是流行打扮和理想男性的形象。

「這個啊……」

理想的結婚對象。我不討厭這個話題，但我又沒有談戀愛的經驗，老是說不出個所以然。

「我也不太清楚，只覺得知識豐富的人比較好。」

信子聽了就把雙手在胸前合攏。

「對耶，因為妳也看了很多書，知道很多事嘛。夫妻兩人都是無所不知，感覺好厲害喔。」

「我沒有那麼淵博啦。但我覺得結婚對象如果是我打從心底尊敬的人，將來一定會很幸福。」

「哎呀，在我看來男性都很有學問，都很值得尊敬呢。」

信子吃吃地笑了。

「這樣很好啊，不過男生都說我『明明是女人卻那麼強壯』，還有『個性好強』，一定沒有男生會喜歡我。」

相對於信子的開朗語氣，我卻深深地嘆氣，喝光了剩下的茶。

「以男性的角度來看，妳可能真的太強悍了點，但我很喜歡妳這點，感覺很可靠喔。」

信子一邊說一邊又幫我添茶。我突然好羨慕信子，雖然她不擅長做家事，但個性溫柔又有奉獻精神，最重要的是她長得很可愛。我想信子將來一定會嫁一個很棒的丈夫。

春天的暖意籠罩了街道時，我的生活突然發生巨變。

爸爸說「有件重要的事要告訴妳」，我聽完之後非常震驚。

「把我許配給人了？」

這突如其來的消息令我腦袋一片空白。

「是啊，妳知道我們的祖先是武士吧？多虧前人的努力，我們家才能平安度過明治維新，好不容易走到今天，但是現在家裡已經快要沒錢了。」

「我們應該還不至於窮到沒辦法生活吧？」

我的腦袋完全無法思考，嘴巴卻自己動了起來。

爸爸搖頭說：

「今後的事誰都不知道。就算是為了弟弟們的將來打算，爸爸也希望妳明年就結婚。」

「明年……」

「抱歉。」

「對方是怎樣的人……？」

我懷著一線希望如此問道，但爸爸的回答卻讓我後悔問了這個問題。

「爸爸和妳一樣，都要等到結婚當天才會見到他。不過對方一定是個好人。」

我幾乎喘不過氣。我早就知道必須跟爸爸選的對象結婚，但我還以為那是很久以後的事。

為什麼？我和弟弟們一樣只是孩子耶？

我連初戀都還沒體驗過。

從新年開始的奇妙通信隨著時間的經過漸漸揭開了謎底。

對方名叫時翔，是一百年後生活在東京的人。

我本來覺得他一定是在騙我，但是看到他寄來一百年後的剪報，還有我家附近的枝垂櫻未來的照片，我就決定相信他了。

更重要的是，時翔告訴了我很多未來發明的機器和東京的景象，就算他是在胡扯，一邊讀信一邊想像那些情景還是很愉快。

所以我每次收到信都會立刻看，而且都是當天回信。

不過，這次我拖了好幾天都沒回覆時翔的信。

事情的開端是因為我在信中提到「做家事好像能鍛鍊身體，力氣都變大了，真覺得不好意思」。我沒有特別期待他會怎麼回答，結果他的回覆是「如果我跟妳比賽，一定是我會輸吧」。

仔細想想，我會覺得跟時翔通信很愉快，或許是因為「平等的關係」吧。我拿出了他因為我說「想知道一百年後的生活」而寫的信，重新讀了一次。

『千代子：

我所在的是二〇二三年的東京。妳寫著「百年後」的紙會跑到我這裡來，或許不是偶然的。

雖然我沒辦法說完這個世界所有的情況，但我會盡量描述的。』

充滿了修改痕跡的信件中描繪著一百年後的閃亮東京街道。那裡有櫛比鱗次的高樓大廈和時髦商店，還有像魔法一樣無所不能的智慧手機。那些事物一定美妙得超乎我的想像，但是看著他的描述，那片未來的景象彷彿伸手可及。

在那片景象中，有很多女性會穿著漂亮的洋裝帥氣地外出工作。時翔的媽媽也要每天工作，時翔和爸爸都會幫忙分擔家務。雖然時翔提過「真羨慕那些不用幫忙做家事的朋友」，但我還是覺得時翔的家庭和他所處的時代非常耀眼。

正是因為如此，我本來以為他聽到我做家事很辛苦一定會慰勞我，他聽到我因為做家事鍛鍊得很強壯而被人嘲笑一定會安慰我說「沒這回事，我一定比妳更強壯」。

結果時翔的回覆卻又觸動了那句「明明是女人卻很強壯」對我造成的創傷，我的期待落空了，心裡非常難過。

雖然難過，但我也覺得我若坦率說出自己感到受傷，時翔一定會誠懇地聽進去，一定會為他的失言道歉。

我有點擔心，如果我說出真心話，這段有趣的通信或許就會結束了，但我還是抱著賭博的心態寫下這段話。

『你那句「一定是我會輸」，讓我有點受傷。附近的男生都笑我「明明是女生卻那麼凶又那麼壯」，讓我很難過耶。真不希望連你也說出那種話。』

過了一陣子，時翔的回信送來了。上次的信是我鼓足勇氣寫出來的，所以收到回信的日數雖然和往常一樣，我卻覺得好漫長。

我覺得時翔應該不會寫出難聽的話，但他如果真的寫了該怎麼辦？希望他別說「女生力氣太大本來就會被笑」。

我懷著決心慢慢打開信紙，結果發現我的擔心是多餘的，信中還是充滿了和往常一樣的溫柔語句。

『千代子：

不是啦，我是真的覺得妳很厲害。我又跟妳沒見過面，卻說我跟妳比賽一定會輸，或許說得太過火了，但我不認為女生不應該強壯，妳不需要把別人的玩笑話放在心上。我希望妳可以做妳自己……我也不知道自己在說什麼，總之我覺得妳保持原樣就好了。

時翔』

從來沒有人對我說過這種話，所以我光看一遍還無法理解，但我還是非常開心。我只要做我自己就好了。這話讓我聽得心底暖洋洋的。

我想立刻回信，於是走出房間去拿新的紙。

當我思考著要寫什麼、要如何表達我心中的喜悅，回到房間時……

「啊……！」

手上拿著抹布的媽媽正在看我放在桌上的紙。糟糕，我明年都要嫁人了卻還……

「呃，不是的，那個是……」

「千代子。」

我還以為要挨罵了，害怕地閉上眼睛。

結果有隻手溫柔地摸摸我的頭。

「好了，等一下就要準備晚餐了。」

「咦……？」

媽媽把信放回桌上，就要離開房間。我問道：

「妳不罵我嗎？」

難道媽媽氣到不知該說什麼了嗎？但是媽媽表情平靜地回過頭來。

「我不知道妳在和誰通信，這個人很不錯。不過妳明年還是要嫁人，所以到時一定要跟這個人告別。可以嗎？」

「妳不打算告訴爸爸嗎……」

媽媽不等我說完，就把食指貼在嘴上，微微一笑，走出房間。

只剩我一個人之後，我拿起信紙，又讀了一次。

那句「我希望妳可以做妳自己」讓我的心頭緊緊揪起。

我抑制著興奮的心情，在銀座的街頭跳下路面電車。

「終於到了。」

跟在後面下車的信子四處張望，發出讚嘆。我們都和家人來過銀座，但這是第一次和朋友來，所以兩人都有些緊張。

「唔……第一站是冰淇淋吧。」

我們拿著昨天擬定的計畫表，緊緊貼在一起以免走散。一路上看到好多妝容精緻的大姊姊和戴著帥氣帽子的大哥哥。

「時髦的人果然很多。我長大以後也想把頭髮弄成捲捲的。」

信子看著擦身而過的女人，用手指捲著自己的頭髮。

「真棒，不過燙髮棒很嚇人耶，頭髮會燒起來吧。」

「千代子，妳太多慮，我從來沒聽說過這種事。」

閒聊之間，我們到達了要去的冰淇淋店。我拿著向媽媽借來的錢包，和信子一起排隊。

排在我們前方的是一對感情融洽的情侶，女人聽著男人說話，不時露出害羞的笑容。我努力轉開注意力，但還是很羨慕他們之間的氣氛，忍不住頻頻打量。

「千代子。」

信子的聲音讓我回過神來。

「抱歉，妳說什麼？」

信子小聲地說：

「前面那兩人真好。」

她眼睛發亮地望著他們。

「我們將來也會有這麼要好的對象嗎？」

聽到我脫口而出的話，信子粲然一笑。

「一定會有的。我們一定可以找到適合戴那種帥氣帽子、溫文儒雅的男性。」

我回答「那就太好了」，跟著笑了出來，同時想到了未曾謀面的時翔。

和信子去銀座的那天，我一時衝動地在信中寫了「真希望能漂漂亮亮地和你見面」。

我想時翔一定會不知所措，或許他不會回覆我那句話。

結果他的回信讓我糾結了好幾天。

『千代子：

妳長大以後一定會變漂亮的。我們再過五年就是大人了呢。

雖然妳說不想知道將來的事，但是妳寄來的第一封信已經猜到很多將來會發明的東西了耶（笑）

希望妳能長命百歲，有機會用用看洗衣機，一定會很感動的。

如果妳真的活得很久，會不會見到小時候的我呢？

我們都住在東京，並不是沒有可能。

就算只看一眼也好，我也好想見妳。

時翔』

最後一句話讓我開心得都要飛上天了。

我最近隱約覺得，我好像喜歡上時翔了。

就算再被鄰居家的男生嘲弄，也有時翔那句「妳保持原樣就好了」支撐著我。從來沒有人對我說過這麼直率溫暖的話。在銀座看到那對情侶、想像自己將來遇到親密對象的畫面時，我想像的男主角就是時翔。更重要的是，我非常期盼時翔的來信，在等待的時間還會不斷地重看他先前寫來的信。

不過，時翔那句「好想見妳」一定是以朋友的身分說的。時翔曾經說過，一百年後的人常常和異性的普通朋友約出來玩，所以我不該期待過高。

就算時翔和我心思一樣，我們之間畢竟相隔一百年，而且我已經有未婚夫了。

話說回來，既然沒辦法見面，既然不可能在一起，我至少可以立刻向他表達心意，繼續和他通信直到結婚為止吧？不對，如果我向時翔表達心意，他會不會就不再回信了？

各種思緒在我的腦海中糾纏，讓我不知該如何是好。別說是找媽媽談了，我就連對信子都無法說出時翔的事。

不過我還是決定今天一定要回信。我正襟危坐，看著信紙。

『時翔：

謝謝你的來信。

我確實知道了很多事。我好想用用看洗衣機，還有冷氣機，如果我家有冷氣機，在現在這種炎熱的季節鐵定不想出門。我好想去跟大家炫耀說未來會出現哪些東西，但大家一定不會相信我。真不甘心。

我答應你，一定會活到和你見面的時候。』

如果寫到這裡就署名，今後我們就可以一如既往地繼續通信。但若錯過這個機會，或許我再也不會說出口了。

我做了個深呼吸，把所有的勇氣灌注在右手，拿起了筆。

『如果可以見到你，我有些話想告訴你。其實現在就說也行。

時翔，我喜歡你。

我好想見你。

好想和你牽著手走在東京的街頭。

若能實現心願，要我去哪個時代我都願意。

突然說這種話真是抱歉，你一定覺得很肉麻吧？你想把信丟掉也沒關係，不需要勉強回覆，我只是想把這些話告訴你。

千代子』

無論結果如何，我都不會後悔。

在暑氣尚存的夏末，我終於跨出了這一步。

八月結束，嘈雜的蟬鳴漸漸消失。一如往常地準備午餐時，我向媽媽問了我長久以來一直很想問的問題。

我還特地挑了爸爸出去工作不在家的日子，但今天是週六，信子他們跑來我家玩，所以我壓低聲音說：

「媽媽，妳和爸爸是怎麼結婚的？」

媽媽也小聲回答：

「當然是雙方父母決定的。」

之後她又接著說：

「不過我在結婚前跟他見過一次面，我一看到他，就覺得這個人一定沒問題。正是因為這樣，所以我才去拜託妳爸爸能不能也給妳這種機會。」

媽媽出人意料的發言使得正在洗菜的我吃驚得停了下來。

「真的嗎……？」

「我還拜託他讓你們通信來培養感情，就像妳以前做的一樣。」

聽到「以前」二字，我心虛得想要轉開頭。何止是「以前」，我十天前才剛向時翔告白過。

「妳為什麼會幫我拜託爸爸呢？」

媽媽被我這麼一問，想了一下才回答：

「大概是希望妳用自己能接受的方式抓住幸福吧。」

我從不知道媽媽有這種想法，正想繼續追問「為什麼」的時候……

前所未聞的轟隆聲響起，緊接著發生猛烈的搖晃，令我們幾乎站不穩。我不知道該怎麼辦，只能和媽媽抱在一起蹲在地上，嚇得全身發抖。

媽媽用身體緊緊地護著我，但強震一直沒有減弱的跡象。我嚇得都快哭了。

「沒事的，沒事的。千代子，妳帶弟弟們去公園避難。」

媽媽也嚇得臉色發青，卻還是努力地安撫我。

「那媽媽……」

後面的「要怎麼辦」我實在說不出口，只是默默地流淚。

「我收好行李就去。快一點。」

在我們說話時還不斷地有東西從上方掉落。我聽見客廳傳來了弟弟們的哭叫聲，還有信子安慰他們的聲音。

「……好吧。那就……公園見。」

「弟弟們就拜託妳了。」

我擦擦眼淚，離開媽媽的身邊。在我爬向客廳的途中，好幾次被玻璃門的碎片刺到腳，但我一點都不痛，或許是感覺已經麻木了。

在客廳的大桌子底下，信子正撫摸著弟弟們的背。為了戰勝恐懼，為了讓大家聽見，我用盡全力大喊：

「大家快逃啊！媽媽會負責搬行李。快一點！」

在後來被稱為「關東大地震」的震災中，我失去了媽媽。

正當我們跑向公園時，我們家的方向竄出了火焰，隨即發出驚天動地的爆炸聲，四周頓時變暗。

弟弟們大叫著「媽媽」，想要跑回去，我死命拉住他們，同時還在拚命祈禱媽媽平安無事，結果我的祈禱落空了，媽媽還是死了。

「姊姊，我想要回到昨天。」

聽到弟弟這句話，我不禁埋怨起時翔，他為什麼不告訴我會有這麼大的地震？結果這只是個惡作劇，他根本不是未來的人。我竟然被這種惡作劇欺騙，甚至向他告白，真是太笨了。

震災的數週後。燒光這一帶的火災已經熄滅，街道又恢復了平靜。我們找到了爸爸，一起回到原本是我們家的地方。因為那棵枝垂櫻奇蹟似地沒被燒掉，我們才能找到家的位置，但其他東西全被燒光了，找不到任何東西可以拿來祭奠媽媽，所以我們合掌膜拜良久。

臨走之前，我在燒毀的房子裡到處看，發現地上有一張和遺跡很不搭調的白紙。我心想「不會吧」，戰戰兢兢地撿起來，打開一看，時翔那令人懷念的字跡躍然於紙上。

『千代子：

我要拜託妳一件事。請妳立刻帶著親友去遠處避難。

明天東京會發生難以想像的大地震。

安頓下來之後再寫信給我。我會一直等下去的。

時翔』

我一看就淚流不止。

時翔真的向我提出警告了。對了，他似乎說過「秋天會教到大正時代」，或許他是突然得知地震的事，才會急忙寫信通知我，而我竟然還懷疑他、埋怨他。

「姊姊，不要哭。」

弟弟們都跑過來，爸爸也擔心地看著我。

今後我要像媽媽一樣，無論發生什麼事都要保護弟弟們、支撐爸爸。我對著在震災中被燒光葉子的枝垂櫻發誓。因為這棵樹雖然被燒得如此悽慘，百年後還是能開出漂亮的花。

後來我趕緊寫信給時翔。就算他警告我會有地震，也不代表我的告白沒有讓他感到困擾。話雖如此，我還是想要寫信向他道謝。

可是信沒有從我的眼前消失。或許是大地震使得連接現在和百年後的時間軸扭曲了。

『時翔：

謝謝你的來信，我平安無事了。

之前突然向你告白真是抱歉，你一定很困擾吧，但你還是試圖幫助我，我真的很開心。

我還想多知道一些百年後的事，我一定要長命百歲，親眼見識。將來我們一定有機會見面的。

時翔，希望你過得幸福。

千代子』

明知信寄不出去，我還是沒辦法停止寫信。我的心中一直懷抱著希望，覺得這次或許會寄到他的手上。

但是無法寄出的信寫得越多，我無處宣洩的思念也累積得越多。

「信子，恭喜妳結婚了。」

二十二歲的春天，信子如同以前宣告過的，和很棒的對象定下了終身。在婚禮的前一天，從小和她一起長大的我比新娘子本人更緊張。

「真是的，妳都說過多少次了。倒是妳呢？有什麼好對象嗎？」

我的婚約已經取消了，因為震災改變了對方的家庭因素。對了，信子知道這件事的時候難過得好像是自己結不成婚，但我當時滿心想的都是時翔，反而感到慶幸。當然，我沒有把這種心情告訴任何人。直到現在，我還是忘不了時翔。

「好對象啊……」

信子似乎從我的嘆息聽出了什麼。

「難道妳已經有喜歡的人了?」

她直勾勾地盯著我。我最近越來越不知道該怎麼排解自己的心情,或許應該跟信子談一談。我在桌底下抓緊裙子。

「我要告訴妳一件事,妳願意相信我嗎?」

信子點頭說「當然」,於是我把開始和時翔通信到現在的事全都說出來了。信子一聽到我在震災之前向他告白的事就哭得一塌糊塗,我勸慰她說「明天就要結婚了,別把眼睛哭腫了」,但我自己也因為好不容易說出心事的解脫感而淚流不止。

「所以……妳打算怎麼辦?」

「我想這就是命運吧,我今後會繼續思念時翔,終身不嫁。」

這是我的真心話。我再也不會遇到像他這樣全心接納我的人了。

「不可以這樣。」

信子說出了令人意外的話，我吃驚地抬起頭來。

「千代子，妳剛剛不是說『希望時翔過得幸福』嗎？我想他對妳一定也有同樣的期望。」

「就算我勉強和別人結婚也不會幸福的……」

信子搖頭，她為了明天而留長的頭髮隨之搖擺。

「我不是叫妳勉強找人結婚，而是要妳找個真心喜歡的人結婚。就算對象是妳爸爸選的，只要對方是妳喜歡的樣子，婚姻就會幸福美滿。妳媽媽不也是這樣說的嗎？」

看到信子幸福地笑著說「我也是這樣啊」，我緊繃的心就放鬆了。

「信子，謝謝妳。我老是仰賴妳的支持呢。」

「我才是呢。話說回來，時翔真是個好名字，而且你們真的飛越了時間，真是太浪漫了。」

「那妳生了兒子就取名為時翔吧。」

「喔？不錯耶。不過這麼一來我的兒子就要跟妳通信了。」

「那我們應該可以親手把回信交給對方吧。」

今後我一定還是會繼續思念時翔，但我會去體驗各種事情，認識各式各樣的人，希望有朝一日見到他時，我已經成為一個豐富美好的人。

過了幾年。我在銀座的百貨公司找到了介紹化妝品的工作，每天忙得不可開交。我太投入於工作，還推掉了幾門親事，但最近爸爸一直催我結婚，我只好答應跟一個人相親。

二十八歲的冬天。這天我要和相親對象清先生見面。

出門之前，我在梳妝臺前仔細地打扮。因為工作的緣故，這幾年我的化妝技術進步不少。選口紅顏色時，我猶豫了一下，最後決定不擦大紅色，而是淡雅的顏色。

但我的心情卻不像口紅那樣平淡，而是如武士上戰場一樣肅穆地前往清先生的家。

「承蒙你們給了我們見面的機會，非常感謝。」

「哪裡哪裡，你們家有個好女兒呢。」

爸爸和對方的家人在閒聊時，我一直在思考要怎麼判斷清先生和我是否合得來，但我什麼都想不到，或許沒辦法光憑見一面就判斷出來吧。

「我女兒的廚藝很好，也很會做家事，但個性有點好強，可能會給你們添麻煩。」

力氣大和脾氣硬有什麼不好的？爸爸說的話讓我不太高興。

「我太太的個性也很好強，跟千代子或許很合得來。」

我也暗自埋怨清先生的爸爸多管閒事，不過看到清先生的媽媽也像我一樣露出不高興的表情，我倒是輕鬆了一點。信子說過婆婆個性強硬會很難相處，但我覺得我和她或許真能合得來。

在閒聊之間，天色暗下來了。我和清先生也交談了幾句，可是什麼都還沒看出來就要回家了，他們全家人都到玄關送我們。走在前面的爸爸和對方的家長已經變得很融洽了，但我和清先生還是半生不熟，有著明顯的隔閡。

「千代子小姐，謝謝妳今天過來拜訪。」

清先生打破沉默，對我說道。他的年紀比我大，對我說話時卻很客氣，確實很溫文儒雅。

「也謝謝你們。」

我正打算告辭時，清先生說出了令我意想不到的話。

「我覺得千代子小姐保持原樣就好了。」

「啊……？」

聽到這句熟悉的話語，我首次直視他的雙眼。

「令尊說妳個性好強時，妳的表情看起來不太高興。但我覺得妳是一位迷人的女性，包括個性在內。」

清先生繼續說：

「所以妳不需要逼自己改掉好強的個性。我或許管太多了……」

他的話語敲響了我的心。

我想起了時翔在我十五歲時寫給我的那句「我覺得妳保持原樣就好了」。因為有那句話的支持，我才能努力到現在。

「謝謝。」

淚水模糊了視野。「對不起，是我太多事了。」清先生驚慌失措的模樣很有趣，我含著淚笑了出來。

那一年的年底，我和他舉行了婚禮。那天我當然擦了和媽媽以前那條一樣可愛的大紅色口紅。當時媽媽說過「希望妳用自己能接受的方式抓住幸福」，我相信，如果對象是清先生，這個願望一定會實現。

又過了一年左右，我們生了一個男孩。

在那之後我經歷過很多的悲傷和困難。

我躺在被窩裡，望著天花板，回憶起往事。

結婚十年左右，清先生被徵召去當兵。我一直等不到他從戰地寄信回來，就在不安轉變成絕望時，東京遭到了空襲。我和兒子因為跑去避難而保住了一命，但是後來看到東京遭到轟炸的慘狀，令我想起了關東大地震，心裡非常痛苦。

在此同時，我也感受到了很多喜悅。

最令我開心的是清先生活著回來了。他在打仗時受了嚴重的傷，但我在媽媽過世時已經明白沒有比所愛之人回到自己身邊更開心的事。

此外，我也見識到了時翔提過的那些方便機器。我想起了和鄰居們一起看電視為奧運選手加油時是多麼興奮，第一次使用洗衣機時是多麼感動。

再一次寫信給時翔吧。雖然明知無法送達，但我很想知道現在的自己會寫什麼給他。

在我寫下「時翔」的瞬間，以前的感情又重新湧現。我現在最愛的當然是先一步去了天國的清先生，但我還是忘不了青春時代的心動。時翔是最早對我說出「妳保持原樣就好了」的人，從十五歲以來，那句話不斷地在我的心中閃耀。

我正在思索要怎麼處理寫好的信，兒子正好來到床邊探望。

「感覺怎麼樣？嗯？妳好像很有精神。」

這時我突然冒出一個念頭。雖然不太可靠，但這個方法或許真能把信送到時翔的手中。

「媽媽有件事想拜託你……」

這次我的心情能傳達出去嗎？

第三章

美月

『美月，生日快樂！認識半年就能和妳變得這麼要好，我真的好高興。祝妳活出精采的二十歲！』

唔……我發出分不清是沉吟還是嘆息的聲音，盯著手機螢幕。我已經反覆閱讀和皋月互傳的訊息很多次了。

『謝謝！我也覺得能和皋月變成好朋友真是太棒了。就算沒有見過面，皋月依然是我重要的朋友。今後也請多多指教唷。』

一想起自己不知道她隔天就會消失，還寫了這麼天真的回覆，我就對自己感到生氣。我真希望能再回到那個時候。

重要的朋友。這不是在說客套話，皋月確實是我重要的朋友。

『雖然我們只有傳訊息和講電話，沒有實際見過面，但我沒有美月可能就活不下去了（笑）』

『我才想這樣說呢。就算將來變成了老奶奶，我們還是要當好朋友喔。』

沒想到我們之間這麼快就結束了。我知道社群網路上的人際關係本來就很脆弱，但是皐月消失時，我的心彷彿破了一個洞。

「美月！」

突然有人叫我的名字，把我飛遠的意識拉了回來。

「抱歉，我遲到了。妳怎麼不先吃呢？」

朱里朝著坐在教室後方的我跑來。看她氣喘吁吁的樣子，一定是跑得很急，但她捲曲的瀏海依然維持著捲度，就像施了魔法一樣。

「沒關係啦。拓海呢？」

「他有社團活動。」

朱里在我身邊坐下，迅速打開便當。

「像你們這樣真好。我本來以為上了大學就會自然而然地交到男友。」

捲得整整齊齊的煎蛋捲、鮪魚拌白菜、培根蘆筍卷。就像平時一樣，朱里那裝滿繽紛菜色的自製便當看起來真好吃，我在一旁從便利商店的袋子裡拿出炸豬排便當都有些不好意思了。

「因為妳在大家的眼中太高不可攀了嘛，妳的名字是美麗的月亮，人長得更美麗，就算上課總是在最後面的座位發呆，成績還是一樣優秀。妳若是走在東京街頭，一定會有星探跑來。就算要花兩小時也得天天去東京才對嘛。」

「妳說得太誇張了啦。再說每天搭新幹線去東京也太拚了吧。」

「會嗎？對了，妳昨天難得上傳照片到ＩＧ，拍得好漂亮喔，我看到就立刻截圖了。而且有好多人按讚耶，MOON。」

「不要叫我的ＩＧ名字啦。」

進入大學之後，我和興趣相近的朱里很快就成了好朋友。

朱里是在社群網路 Instagram 上介紹化妝品的網紅，因為我被她找去當模特兒的那篇貼文爆紅，所以我也順勢開始經營自己的ＩＧ。我很喜歡服飾，貼文多半跟時尚有關，所幸追蹤的人還不少。

「對了，妳剛才在看什麼啊？眉頭皺得那麼緊。」

朱里模仿了我剛才的表情。

「皐月的訊息。」

「我知道妳們以前很要好，但妳還是忘了她吧。」

「是啊，都已經過了三個月。」

「嗯，對了，剛剛有人把我當成新生，發社團傳單給我耶，我都已經大二了。」

「因為妳長得年輕嘛，這樣不是很好嗎？」

正在閒聊時，上課鐘響起，開始上課了。發下來的講義才上了三分之一，朱里就不敵睏意，開始點頭。這是她的老毛病了。我無聊地拿出手機，再次打開網頁。螢幕上出現了我剛才收起手機時正在看的皐月的訊息，我繼續拉動捲軸，翻到最早的一篇。

『MOON小姐妳好，打擾妳真是抱歉。妳昨天的貼文很精采，讓我忍不住想傳訊給妳。妳介紹的衣服都很漂亮，我一直有在追蹤。今後也請繼續加油！』

在我開始使用IG不久後，有一位網名「皐月」的女孩就傳來了這段訊息。平時就有很多人會留言讚美我的樣貌和服裝，但這還是第一次有人讚美我精心雕琢的文章，所以我開心得一到學校就告訴了朱里。

住在東京的皐月是中學的學業類網紅，她經常分享自己的讀書筆記和推薦的文具，或是使用可以即時分享自己現況的live直播和粉絲一起讀書。我從訊息之中得知她的活動時，真心覺得她好厲害。

『謝謝妳，皐月（我可以直接稱呼妳的名字吧？）。聽到妳欣賞我的文章讓我很開心。妳的分享也很精采，下次妳直播我一定要收看。』

『咦！我一直很崇拜MOON小姐，聽到妳這麼說，我開心得都要昏倒了。今後我可以繼續跟妳分享貼文的感想嗎？』

『當然可以啊。話說 MOON 這名字不好打，妳若能叫我美月我會很高興的。皋月和美月聽起來也挺像的（笑）』

『那我就叫妳美月囉。這個名字真好聽。』

因為我是獨生女，聽她親熱地叫我美月，就像多了個可愛的妹妹。皋月似乎也把我當成了姊姊，我們後來常常用視訊通話聊彼此的興趣和日常瑣事。畢竟我們是在網路上認識的，所以都沒有提起自己的學校和姓氏。我連她的本名是不是真的叫皋月都不確定，但我對此不以為意，我也相信我們的關係會永遠持續下去。

『美月，妳剛才的貼文最後面有錯字唷！』

我有一次因為皋月的訊息才發現貼文打錯字了。我是一個注重細節的人，總是比別人更在意用詞不當和錯字，所以我非常感謝她指出我的錯誤。

『謝謝。多虧了妳，我才能很快訂正過來。』

『太好了。妳寫文章一向嚴謹，所以我覺得妳一定會很在意錯字。』

『沒錯，我國中的時候和一個男生短暫交往了一陣子，他老是錯字連篇，所以我忍無可忍地和他分手了。』

我想起了他一直把「而已」寫成「而以」，直到最後都沒有改過來。因為他說「美月太在意小細節了」，我後來再也不糾正別人的錯字了。我覺得他說得沒錯，是我不該如此吹毛求疵。

『我懂。錯字連篇真的很惹人厭耶（笑）』

所以皐月不經意寫下的這句話讓我覺得國中時代的自己得到了救贖。她就像是對當時受到男友否定的我按了個大大的讚。

『謝謝妳。我今後會繼續寫出能讓妳賞識的文章，妳要一直看下去喔。』

可是皐月在三個月前卻一聲不吭地消失，還刪除了用來和我傳訊的帳號。我發現這件事的時候，心中不斷地問「為什麼？」，我本以為她只是當網紅當累了，以後一定會再用其他帳號跟我聯絡，不過隨著時間的流逝，希望變得越來越微渺。

我也試著詢問自己的粉絲知不知道皐月的下落，但是沒人能提供有用的資訊，甚至有很多人是因為我的提醒才發現皐月不見了，就連皐月每次貼文都會留言的人都只是有點愕然，沒多久就忘了這件事。這種情形讓我有點心寒，但我又覺得如果真有人知道她的下落，我一定會很難過，因為這代表我不是她在網路上最好的朋友。

「啊，我又睡著了！我睡了多久啊？算了，無所謂啦。」

朱里被老師弄掉粉筆的聲音驚醒，接著又開始打盹。課堂已經進行一個小時了。

颼！箭射中靶子，大家紛紛鼓掌。

今天還要打工，練習就到此為止吧。我行禮之後就要離開射箭場，師傅正好來了。師傅從我剛開始學習弓道就一直指導我至今，雖然他已經超過八十歲，還是很健朗地繼續練弓道。

「美月，妳進步了呢。」

「都是多虧師傅的指導。對了，您會不會參加下次審查啊？」

「為什麼這樣問？」

「我希望您當上範士。」

「這個啊，我最近狀況不太好，正在煩惱呢。我的食量也變少了，大概是真的老了吧。」

師傅一邊說，一邊開始暖身。

「您才不會老呢。不過連您也會陷入低潮期啊，真是稀罕。」

「是啊，妳要回去了嗎？」

「是的，我先告辭了。」

「路上小心喔。對了，下次再教我用那個東西吧。那個叫什麼啊……很多年輕人都在用的，可以上傳照片的……」

「您是說ＩＧ嗎？」

「對對對。等妳有空的時候再教我就好，可以嗎？」

「可以是可以啦，不過您怎麼會突然想學？」

「說來話長，總之我想要找一個人。」

「師傅的朋友應該都沒在用ＩＧ吧？」

「妳還真會若無其事地損人呢。我要找的是國中生啦，雖然我也不知道他有沒有在用那個什麼ＩＧ的。」

雖然我很尊敬師傅，但是一個老爺爺說出「ＩＧ」實在太不搭調了，我忍不住笑出來。

「我現在就能簡單教您一點。首先要點開ＡＰＰ。」

「這個嗎？喔喔，要輸入個人資料啊？」

「是啊，您申請的時候我先去換衣服喔。」

我換好衣服、摺好褲裙、走出更衣室時，師傅還在看手機，一下子拿遠一下子拿近。雖然師傅很專心，但其他人看見他這麼大的動作都好奇地頻頻望來。

「要我幫忙輸入嗎？您告訴我，我來打字。」

我望向手機螢幕，發現他把名字寫到信箱的欄位了。

「那真是幫了我一個大忙。我最近老花眼越來越嚴重，手也開始抖了，真是不方便。」

「但您還能繼續練弓箭，實在太厲害了。」

我一邊說，一邊幫師傅輸入個人資料。

「申請好了。先來搜尋看看吧。您要找的人叫什麼名字？」

「謝謝，他叫時翔，時間的時，飛翔的翔。我不知道他姓什麼，只知道他是國中生。」

「我可不可以問一下，你們是什麼關係啊？」

為什麼師傅會想找一個只知道名字和年齡的人呢？看到我詫異的表情，師傅喃喃說著「這個嘛……」。

「我一下子說不清楚，妳有時間嗎？」

我看看自己的手機，離打工還有一段時間，於是點了頭。

「這件事要從一百年前說起。我的母親某天莫名其妙地和百年後的……現代的一個男孩開始通信，後來愛上了他……」

聽完師傅的故事，我震撼到冒起雞皮疙瘩。師傅不會編造這種謊話，所以應該是真的，但我無法理解怎麼可能跨越一百年通信，而且這兩人奇蹟般地相遇，愛上了彼此，卻又因地震而分離了。

「呵呵，很感人吧。」

我這時才發現自己哭了。聽到師傅這句話，我急忙擦掉眼淚。

「我母親一直掛念著這件事，還在臨終前交給我一封寫給時翔的信，所以我無論如何都想要找到他。」

「您之前沒有找過嗎？」

「是啊，為了好好運用從母親那裡聽來的資訊，我早就計畫好，要等到他們開始通信的時間點再開始找。」

「原來如此。既然這樣，請您也讓我幫忙一起找。必須盡早把您母親千代子的信送到時翔的手上。」

「聽到妳這麼說，我就安心了。不過就算找到時翔，還是要等到震災紀念日之後才能把信交給他。」

「的確，如果太早給他，他們通信的內容就會改變了。」

「就是這樣。依照我母親提供的資訊，我大概知道時翔住在什麼地方，不過離這裡有點遠，沒辦法常常去。」

「這樣啊……總之我回去以後會再上ＩＧ搜尋，也會找找看其他的社群網站。」

「美月，送完餐點之後麻煩妳去櫃檯。」

「是。」

我回答之後就要用托盤端著咖啡走出去，結果被前方的椅子絆到，咖啡潑了出來。我急忙請廚房的人重新盛一杯。

「對不起，是我太粗心了。」

「沒關係。拿去吧。」

「謝謝。」

我一送完飲料就立刻回來，前輩正在幫我打收銀機。

「對不起，麻煩您了。」

「不要緊啦，難得看到妳出錯，我反而覺得有趣。發生什麼事了嗎？總覺得妳今天失魂落魄的。」

的確，我聽完師傅的故事之後就像是掉了魂，不管做什麼事都心不在焉。

「前輩。」

「怎麼啦？」

「如果您收到了一百年前的人寄來的信會怎麼辦？」

「怎麼突然這樣問？一百年前的人？」

「還是當我沒問好了。對不起。」

「唔……應該會先叫對方用視訊讓我看看當時的生活吧。」

「您在說什麼啊？一百年前哪有什麼視訊？」

「說得也是。」

回家之後，我很想立刻上社群網站搜尋時翔，但還是得先收拾一下。我把桌上散亂的東西堆進櫃子時，朱里正好打電話來。

「美月，妳回家啦？我可以去找妳嗎？」

「我剛回來，妳隨時可以過來。」

「好，那我現在就去。」

我一邊講電話，一邊打開冰箱。固定儲備的梅酒只剩一小口了。

「不好意思，朱里，妳可以順便幫我買瓶梅酒嗎？」

「了解，我買平常那個牌子喔。」

「謝謝，到了再打給我吧。」

我們都是一個人住，而且住得很近，所以幾乎每天都會到彼此家中一起吃晚餐。我不是討厭一個人待在家，不過我和朱里相處得很融洽，而且我已經習慣這種生活模式了，所以也沒想過要改變。

我還沒想清楚要煮什麼，所以隨便拿出一些蔬菜來切，此時朱里到了。

「歡迎，謝謝妳幫忙買酒。」

「不客氣。喔，妳正在做菜啊！」

朱里一邊說，一邊像在自己家一樣熟門熟路地把東西放在沙發上，走到洗臉臺前洗手。

「只是在切菜。妳覺得加什麼去炒比較好？」

「加鹽就好了吧。能吃到妳親手做的菜真開心。」

「那我就放鹽囉。」

我把炒得色香味俱全的蔬菜盛起來端到客廳時，朱里正在看別人傳來的訊息。但我的手機卻一直保持沉默，令我心情有些複雜。

「煮好了。什麼事這麼開心啊？拓海傳來的嗎？」

「謝謝，對啊，是拓海……哇！今天的蔬菜沒有炒焦耶！真厲害，妳進步不少喔。」

我以前曾經端出沒炒熟的紅蘿蔔和燒焦的洋蔥，把朱里嚇得大驚失色，後來她從基礎開始教我，包括調整火力和放入蔬菜的順序，真是我的大恩人。

「就是說啊。倒是我一直很想問妳，妳怎麼都不去找拓海啊？每天都跟我泡在一起真的好嗎？」

「我們的確不常見面，但正是因為喜歡才該保持距離，這樣才不會厭倦，我會常常想念他，他也會常常想念我。拓海也是這樣說的。」

我好羨慕他們的關係，一口喝光了梅酒。我今天似乎喝得比平時更猛。

「真好，正因為喜歡所以不靠得太近。」

「沒錯，不過我們的心距離很近。啊，真好吃！」

「真的嗎？太好了，我會繼續磨練的。」

「我也會從旁協助的。對了，妳今天久違地練了弓道吧？有沒有新來的帥哥啊？」

「才沒有咧。練弓道的年輕人本來就比較少。」

一想到跟自己爸爸差不多年紀的同學和跟爺爺一樣老的師傅，我就想起師傅今天說的話。

「啊！」

「怎麼了？有新來的帥哥嗎？」

「不是啦。朱里，我想問妳一件事。」

「什麼事？要怎麼約帥哥出去嗎？」

「妳可以別再提帥哥了嗎？不是那種事啦。今天弓道師傅跟我說了一個故事，是關於他的母親千代子……」

跟朱里說故事的時候，我又想到了千代子和時翔的心情，忍不住掉眼淚。千代子是好不容易才鼓起勇氣向他告白的，雖然來不及問時翔的想法就結束關係了，但是聽起來他們應該是兩情相悅，如果他們繼續通信，千代子一定會經歷到更多感動的時刻，就像朱里剛才因拓海的訊息而開心不已一樣。

「這故事太奇妙了，真令人不敢相信……不過這應該是真實發生過的吧。」

「我也不知道該說真實發生過，還是將來會發生。從千代子的角度來看是『真實發生過』，從時翔的角度來看是『將來會發生』。真混亂。」

「對耶，距離二〇二三年九月還有五個月。他們已經開始通信了吧？」

「我不確定詳細日期，只知道千代子是從一九二三年的新年開始跟時翔通信的，所以應該已經開始了。」

「如果找到時翔，妳打算怎麼做？」

「等過了震災那一天，就立刻把千代子的信交給他。」

「也對，應該盡快把信送到他手上，以免他擔心太久。」

「所以我才想早點開始找。不知道時翔有沒有在用ＩＧ……」

我立刻在ＩＧ用盡方法搜尋，但是只知道名字和年齡實在不好找。

我停止搜尋，逐一刪除充滿時翔名字的搜尋紀錄，所以我始終無法刪除的皋月名字搜尋紀錄又回到了最上方。

朱里也在一旁幫忙蒐尋，但是沒有找到像是時翔的人。

「找找看其他的社群網站吧。」

「我也來找。」

之後我們找了幾十分鐘，還是沒有找到時翔，找到後來就睡著了，連隔天早上的第一堂課都睡掉了。

「師傅，我找了各大社群網站，還是沒找到像是時翔的人……」

「妳去找了啊？我在ＩＧ上努力找了一下，也沒有找到。」

「只知道名字太難找了啦……」

聽到我這麼說，師傅仰天思索。

「我聽母親說過，時翔臉上的痣很像『夏季大三角』。」

「什麼跟什麼啊？」

突然冒出來的夏季大三角一詞讓我忍不住笑了。

「如此看來，只能直接去東京找他了吧。」

「嗯，我打算下個月就去找。」

直接跑去找人未免太原始了點，但也沒有其他方法了。

「對了，師傅，你說過你大概知道時翔住在什麼地方，是哪裡呢？」

「就在我母親以前住的地方附近，在東京的下町，那裡從以前到現在都有一棵很大的櫻花樹。我想去碰碰運氣。」

仔細想想，這超越時空通信的神祕事件或許和兩人所在地點相同有關。

「如果您找不到，我暑假也會一起去找的。」

「謝謝妳，美月，妳如果有其他事要忙，還是先處理妳自己的事吧。」

「不，我一定會去。」

師傅看到我這麼積極的態度就笑了，我也忍不住跟著笑出來。我確實被他們的愛情感動，但是老實說，連我也不知道自己為什麼如此想要找到時翔。

「就是因為這樣，所以師傅下個月要去東京。」

「真厲害，他真有幹勁！」

「我也打算暑假去東京找找看。」

走向大學的途中，我如此說道，朱里睜大眼睛看著我。

「妳真的很投入耶。」

「我也不知道為什麼，總之就是沒辦法放著不管。」

「是因為他們的事讓妳想起皐月吧？」

「啊……」

聽到朱里這麼說，我感覺心中某種堅固的東西漸漸融化了。仔細一想，皐月和時翔一樣是「東京的國中生」，雖然我連她的本名叫什麼都不知道。

「但我對皐月一無所知。」

「那又有什麼關係？美月，妳跟皐月視訊通話過，知道她的長相，如果在路上遇到一定認得出來的。」

「如果我跑去找她，會不會被警察當成跟蹤狂抓起來啊？」

「抱歉，我也不確定。」

「我只是開玩笑，妳這樣講連我都開始擔心了。」

「反正妳的主要目的還是找尋時翔，皐月只是順便找一下啦。」

冷靜想想，就連找尋時翔也很像跟蹤狂的行為。我默默地下定決心，如果找到時翔以後他表現出排斥的反應，我一定要立刻收手。

「喂，妳們兩個！」

後面有人拍著我們的肩膀叫道。

「是拓海啊。真是的，別嚇我啦。」

朱里轉頭看到拓海燦爛的笑容，鼓起臉頰說道。

「抱歉抱歉。早啊，美月。」

「早、早安。」

「為什麼只跟美月打招呼啊？」

「抱歉啦。早安，朱里。」

拓海一邊說著，一邊擠進我們兩人中間。他們一邊走一邊還在打打鬧鬧。

我心想，還是老樣子呢，拓海老是同時拍我們的肩膀，走在我們兩人中間，打招呼也總是先向我開口。我沒有告訴過任何人，其實我以前喜歡過拓海。因為他總是先跟我說話，讓我不禁充滿期待，結果他喜歡的卻是朱里。如今回頭再看，他或許是不想打破三人的平衡關係，所以都先跟我說話吧。

「我今天幫你做了便當喔。」

「真的嗎！超開心的。朱里做的便當真的很好吃。」

看著他們兩人的相處，我也好希望有個人真心愛我。我和他們有一搭沒一搭地閒聊，不知不覺到了大學。櫻花落盡、綠葉漸增的樹木沙沙搖曳，和風撫過髮梢。

「師傅，時翔的信您全都看過了嗎？」

最近練習結束後，我都會和師傅聊時翔的事。

「沒有，我一封都沒看過。」

「為什麼？那些信應該在您手上吧？」

「當然，我很小心地收藏著。但是我母親在臨終之前說過『你幫我把這些信還給他，可以的話就不要看』，所以我也不敢打開來看。」

的確，時翔一定也不希望自己寫給心儀女孩的信被別人看到。我默默地反省自己少根筋的發問。

師傅接著說：

「而且我母親自己看過無數次，她說已經把時翔所有的資訊都告訴我了。」

「這樣的話，不看也沒關係。對了，您明天就要去東京了吧？我傍晚之後都有空，有什麼事隨時都可以跟我聯絡。」

「謝謝，那我到時再打電話給妳。」

「沒問題。」

隔天傍晚，我上完課就直接回家了。

我檢查手機，確認師傅還沒打來，然後一邊看著電視一邊打開皐月的訊息。

『美月，生日快樂！認識半年就能和妳變得這麼要好，我真的好高興。祝妳活出精采的二十歲！』

『謝謝！我也覺得能和皐月變成好朋友真是太棒了。就算沒有見過面，皐月依然是我重要的朋友。今後也請多多指教唷。』

當時的我深信這段雖不堅固卻很溫暖的關係一定會永遠持續下去。

那天是皐月最後一次傳訊息給我，但我還清楚記得隔天和皐月視訊通話的事，畢竟當時我才剛失戀。

「皐月，我告訴妳喔，我喜歡的人變成好友的男友了，真傷心。」

「沒關係啦，妳一定會遇到更好的人。」

「現在能支撐我的只有妳了……謝謝妳。」

朱里和拓海剛開始交往時，我沒有任何能商量的對象，心都快要碎了。在那個時候鼓勵我的就是皐月。

「皐月有男友嗎？」

「沒有啦，我也想要快點遇到好對象。」

「真沒想到！但我覺得妳一定很快就會找到很棒的男友。」

隔天我像平時一樣，打開ＡＰＰ準備抱怨打工的事，卻發現皐月不見了。在那之後已經過了三個月。

是因為我問了她的私事嗎？應該沒有吧，我只是問她有沒有男友，她不可能因為這樣就刪除帳號吧？我看著下沉的太陽，用祈求的心情安慰自己，這時師傅打電話來了。

「師傅，你找到什麼了嗎？」

「美月，情況很不妙，我母親住過的地方附近有很多公寓和國中，我都不知道該怎麼找了。」

「畢竟是東京嘛……」

和師傅的聲音一起傳來的嘈雜人聲和噪音，彷彿也在透露著找尋時翔有多困難。

「雖然遺憾，但我明天一大早就要搭新幹線回去，今天還是到此為止吧。」

我心想「再這樣下去或許到九月都還找不到」，正想回答「我知道了」的時候……

「……她說你臉上的痣好像夏季大三角……」

我聽到有個男生的聲音說了這句話，還有逐漸遠去的笑聲。

「師傅，剛剛那個聲音……」

「沒錯，剛才那人提到夏季大三角。或許是時翔。」

「您要去追他嗎？」

「他是騎腳踏車，不過我還是會試試看。先掛電話了。」

「好，加油喔。」

沒想到這麼快就發現時翔了。我開心地默默擺出勝利姿勢。結果師傅最後沒有追上時翔，讓我覺得好像被老天爺擺了一道。

不過師傅看到跟時翔在一起的男生背包上有個繡著「必勝」的吊飾，如果那是手工的，別人就不會有相同的東西，或許能當作一個線索。

拉弓，瞄準，琢磨放箭的時機。

我正要鬆開右手時，突然聽到喀的一聲，害我失了準頭。我看著射到靶外的箭，心想自己真是修練不足，然後望向剛才聲音傳來的方向。

我看到師傅正從地上撿起箭。我從沒看過師傅掉箭，非常訝異，但看到他神情肅穆地做起掉箭時異常繁複的一連串動作又覺得很了不起，讓正在拉弓的我都不禁看到出神。

離開射箭場後，師傅朝我走來。

「好久沒有掉箭，我整個人都慌了。嚇到妳真是抱歉。」

「不會啦，您處理失誤的動作真完美，下次升段審查之前請教我怎麼做。」

聽到我這句話，師傅不好意思地抓抓頭。

「當然，若能不失誤就更好了。」

「是，對了，您八月中旬有事要忙嗎？要不要一起去東京？」

「喔喔……妳說那件事啊。」

今天一直顯得無精打采的師傅露出了更消沉的表情。

我還以為東京的夏天會比較涼爽，事實上柏油路散發出來的熱氣使天氣更加悶熱。都快到傍晚了，我卻汗流不止，怎麼擦都是溼的。

「美月，我們休息一下吧。」

朱里按著我的肩膀說道。

師傅因為身體不適而去醫院檢查，結果發現得了胃癌。因為還要動手術，所以他直到九月都沒辦法再去東京了。

「好是好，不過妳差不多該去參加活動了吧？」

「對耶，都這麼晚了！抱歉，我先走囉。」

「結束後再聯絡我吧。」

朱里一邊揮手一邊跑向車站。

因為師傅不能出門，我本來打算一個人來東京，朱里知道了就說要陪我來。朱里喜歡的偶像在這天剛好有活動，她答應在活動之外的時間要陪我找時翔。因為當天來回有點浪費車資，所以我們乾脆安排了三天兩夜的短期旅行。今天是第二天，我找了很多間國中，但是現在和我們那個年代不同，在學校外面探頭探腦就會被當成可疑人物，而且現在正在放暑假，人比較少，所以我詭異的行為顯得更突兀。

總之再去師傅說的那棵櫻花樹附近找找看吧。我已經走了一整天，全身肌肉都在隱隱作痛。

到達樹下時，正好遇到一位看似剛結束社團活動的高中男生，我問他說：

「不好意思，可以請教一下嗎？」

高中男生訝異地看著我，回答「好的」。

「請問你認識一位叫時翔的男生嗎？時間的時，飛翔的翔。」

高中男生更詫異了。

「認識啊，我跟他在小學的時候一起打過棒球……」

「真的嗎！那你知道要怎麼聯絡他嗎？」

「他考了其他中學，所以我們小學畢業之後就沒聯絡了。不好意思。」

「這樣啊……你知道他讀的是哪所中學嗎？」

「知道是知道，不過我想先問一句，妳是誰啊？」

「對不起，你一定覺得我很可疑吧。我是時翔的朋友的兒子的朋友。聽起來很像在騙人，但我說的都是真的。」

我最後又慌張地補上一句，但我自己都覺得這樣更可疑。

「我是不知道妳有什麼事啦，總之他讀的是清南學院。這是我去年在路上遇見他的時候聽他說的，應該不會錯。」

「清南學院啊，那所學校很有名呢。謝謝你願意告訴我這種可疑人物。」

「不會啦。雖然妳很奇怪，但我覺得妳不像是可疑人物。」

或許怪到極點反而能讓人信任吧。

和那個男生分開後，我立刻傳訊息通知師傅和朱里，說我查出時翔的學校了。

雖然得知了他的學校，但現在還沒到震災那一天，所以我還不能和他接觸，再說就算知道學校也不見得能找到他。一想到剛才去過的學校守備有多森嚴，我就不禁嘆氣。

太陽已經下山，所以我先回旅館，吃著買來的泡麵。剛剛傳出的訊息仍是未讀狀態，朱里大概還在參加活動。

我躺在床上，搜尋清南學院的網站，看看制服和社團的介紹，漸漸感受到這兩天累積的疲憊。我努力睜開眼睛看網站，但是沒過多久就開始意識恍惚。

被巨大聲音吵醒時已經天亮了，朱里正在另一張床上沉睡。那巨大的聲響是朱里手機設定的鬧鈴。

我拖著痠痛又沉重的身體爬下床，幫朱里關掉鬧鈴，然後把毫無反應的她搖醒。

「早安，美月……」

「早什麼早，都十點了。朱里，妳昨天幾點回來的？」

「差不多晚上十二點吧……抱歉，我玩得太晚了。」

我聞言就拿出自己的手機，發現昨晚有很多朱里的未接來電。

「是我自己睡著了沒接妳的電話，對不起。」

「沒關係啦……好了，該起床了！」

朱里精神奕奕地跳起來，轉身面對我。

「對了，妳查出時翔的學校了吧。是怎麼查到的？」

「我在路上遇到一個高中男生，就碰運氣問問看。他只知道時翔的學校。」

「這簡直是奇蹟啊。」

「對了，師傅說過時翔有參加社團，但不知道是什麼社團……那個高中男生說他們以前一起打過棒球，不知道他現在是不是還有在打。」

「天曉得。不過妳已經達成目標啦，既然知道在哪所學校，那就勢在必得了。」

不過今天是我們待在東京的最後一天，必須考慮到電車的時間。如果等到他社團結束離開學校，說不定會趕不上電車。

「總之先去看看吧。」

我們迅速收拾好行李，再次走到藍天之下。

「就是這樣，結果最後一天還是沒有收穫……」

在大學醫院的病房中，夕陽餘暉照亮了師傅的臉。

「但妳查到時翔的學校了，真了不起。」

師傅笑容滿面地向我道謝。今天八月就要結束了，但還聽得見蟬鳴聲。

師傅已經動過手術，結果發現癌細胞擴散到好幾個地方。他的病情已經趨緩，但暫時還不能出院。

事情果然不會那麼順利。雖然我們已經做了很多努力，說不定最後還是只能放棄。帶來探病的花如今看在我眼中都顯得有些鬱悶。

這天夜晚，電視上出現大大一行字：「明天是關東大地震百年紀念」。在幾個月以前，關東大地震只是歷史事件，現在卻包含著深遠意義壓在我身上。我深感無力，新聞播完以後又繼續在電視機前發呆了好一陣子。

街道上張燈結綵。十二月，冬天已經到來。

朱里上課時不再打瞌睡，而是把時間用來挑選要送拓海的聖誕禮物。

拓海也跑來向我打聽朱里喜歡的東西，讓我覺得世上只剩自己還是孤零零的。

「就快要放寒假了呢。」

上完課後，要去打工的我和要去購物的朱里並肩而行。

「妳想好要送拓海什麼禮物了嗎？」

朱里穿的是高跟鞋，但走得跟平時一樣快。

「我最後挑出兩樣，這件上衣，還有這個背包。我現在要先去看看實物。」

朱里給我看的兩樣商品都是拓海會喜歡的款式。

「虧妳有辦法從那麼多選項之中挑出這兩樣。」

朱里聽到這句話就笑了。

「就是啊。我也想過要不要送手錶，但我希望從大老遠就能看見『他帶著我送的禮物』。」

從大老遠就能看見。我突然想到，師傅去東京的那次看到和時翔在一起的男生身上有個吊飾。不能太快放棄，再去東京找找看吧。我已經知道時翔的學校，也知道他朋友的特徵，或許這次真能找到他。

而且我自己的疑問也還沒解決，我想找到皋月，向她道歉，說我不該問她那些事，惹得她不高興。

「朱里，謝謝妳。寒假我要再去一次東京。」

「謝我什麼？是說我現在手頭很緊，沒辦法陪妳去，妳自己一個人沒問題吧？」

「嗯，我一定會找到時翔和皋月。」

朱里聽我這麼一說就露出微笑。

「妳一定可以的。如果有什麼需要，隨時都可以跟我聯絡。」

「謝謝，那妳就好好地去購物吧。」

「妳也去好好地打工吧。」

或許我一開始就沒有勝算了。我突然想起了年初的事。

放寒假時，拓海因為社團活動而來到我老家附近的體育館比賽。我為此專程跑回老家，想了很久該送什麼去慰勞他，結果我送的是自動販賣機的運動飲料。媽媽調侃地說「是男友嗎？那妳幫他做個便當嘛，送暖暖包也不錯啊。」爸爸則是說起往事，「還是蜂蜜檸檬水比較好，我年輕的時候……」，而我最後的選擇卻只是一百五十圓的運動飲料。

「拓海，辛苦了，這個給你。」

我沒有說出在心中練習過無數次的臺詞，而是給了他最普通的問候和飲料瓶。即使如此……

「美月，妳來看我比賽啊！謝謝妳的飲料！」

看到喜歡的人對我露出笑容，我就天真地以為我們會有美好的未來。我第一次覺得整個世界變得色彩繽紛，還覺得在觀眾席上注視著拓海的自己好像連續劇的女主角。

在那之後不久，拓海就跟朱里交往了。我到這時才知道，在寒假……不，在更久之前，朱里已經幫拓海做過好幾次便當了。我當然沒讓朱里知道運動飲料的事。我毫不猶豫地選擇友情，放棄了戀情。

如果問十個人要選我還是朱里，應該十個人都會選朱里……就算其中有一個怪人，還是有九個人會選她。就算不看我比不上她俏皮開朗，送喜歡的人一罐飲料或自製便當的差距也太大了。不，應該說我認定了主要原因是自己付出得太少。

如果真的有人願意選擇不夠溫柔的我，如果未來真的會出現那個人，那我一定要積極進取地活在當下。

在寒空之下，我深吸一口氣，默默地發誓。

東京的冬天也很冷。片刻不停息的北風刺痛了我的臉頰。

我猛然抬頭，聖誕節昨天才剛過完，街上已經充滿了新年的氣氛。我衝動地跑來東京，但我不是找人的專家，不知道怎麼找更有效率，只能傻傻地守在師傅曾經和時翔擦身而過的地方。

「小姐，妳為什麼一直站在這裡啊？」

可能是我大冷天站在住宅區裡左顧右盼，看起來太詭異，巡邏中的警察還過來關切了。

「抱歉，我正在等朋友。」

我隨便扯了一個謊，但我吹風吹得都快凍僵了，所以決定再等一個小時就好。

我用失去知覺的手指拿出手機，再次搜尋清南學院的制服。男生制服看起來都差不多，我沒把握認得出來，但還是努力地記住。

我心想，如果真的找到線索，就要抓緊時間去「櫻坂補習班」。那是我高中時代去過的全國連鎖補習班，我以前和皋月視訊聊天的時候也聊過。我們去的是不同的分店，但裡面有不少講師我們兩人都認識。她當時剛進補習班不久，說不定現在還在裡面。

我在出發前調查過，東京有八間櫻坂補習班。我打算找找其中幾間，假裝要拿傳單進去看看。

我正在為這異想天開的計畫嘆氣時，突然看見有個穿著眼熟制服的男生騎著腳踏車往這裡來。

說不定他認識時翔。一想到這裡，我就揮手叫道：

「不好意思！」

那男生在我面前停下來。

「可以請教你一些事嗎？」

講到這裡時，我突然倒吸一口氣。他的背包掛著師傅說過的「必勝」吊飾。

我還在整理混亂的思緒，那男生卻驚訝地叫道：

「那個，妳是IG上的MOON小姐吧？我是妳的粉絲！」

「是啊……虧你認得出我。能遇到粉絲真開心，謝謝你的支持。」

「我一直關注妳的貼文，當然認得出來。我可以跟妳合照嗎？」

本來以為找到了時翔的朋友，結果這人竟然是我的粉絲，這真是命運的安排。一下子發生這麼多狀況，我的腦袋都轉不過來了。

「沒問題，我們來合照吧。」

我朝著男生的手機露出笑容。他笑得有點僵硬，可能是看到偶像太緊張了。

「謝謝妳，我要把這張照片設成待機畫面。」

「真不好意思。啊，對了，你認識時翔這個人嗎？」

男生聽到我突然提起他朋友的名字，訝異地睜大眼睛。

「我跟時翔很要好。你們認識啊？」

「我沒辦法告訴你詳情，總之我一直在找他。你知道他的手機號碼嗎？」

男生搖頭，喃喃說著「對不起」，我也急忙搖頭說：

「對不起，朋友的手機號碼的確不該隨便告訴陌生人啦。」

「啊，不是啦。我都是用ＡＰＰ跟他聯絡，所以不知道他的號碼。

我再問他看看好了。他沒有在用社群網站，等他回覆之後，我再傳訊息到妳的ＩＧ。」

「真的嗎！謝謝你，太好了……」

男生告訴我他的帳號是「樹」。突然降臨的好運和安心感讓我幾乎癱倒。

「我才要謝謝妳和我合照！我今後會繼續支持妳的！」

「謝謝，也請你幫我問候時翔。」

和他分手之後，我立刻衝去櫻坂補習班。在有限的時間內，我總共跑了三間，觀望裡面的國高中學生，希望能看到皋月。

或許是遇到樹用光了我所有的好運，最後我還是沒有找到皋月，不過去第三間的時候發現老闆是我的恩師，所以跟他聊了幾句才離開。

隔天我收到了樹傳來的訊息。

『時翔說不想把手機號碼給不認識的人，他會在ＩＧ上傳訊息給妳！不過他最近忙著準備考試，所以想等開學之後再聯絡，可以嗎？』

不想讓陌生人知道自己的手機號碼是理所當然的事，但我還是很佩服他還只是個國中生就這麼謹慎。

『謝謝你的通知！開學後再聯絡也沒關係。麻煩你了。』

雖然進展不大，但我覺得事情漸漸動起來了。

一想到這裡，正要去探望師傅的我就覺得腳步變得更輕盈了。

過完年後，我從老家回來的隔天，朱里煮了火鍋。

因為還在新年期間，我們準備了蝦子和干貝之類的豪華食材，再加上朱里絕妙的手藝，真的非常好吃。我吃得讚不絕口，朱里卻反駁說「只不過是把材料切一切放進鍋裡」。

「話說妳的行動力還真強耶。如果換成是我，就算到了補習班門口也不敢進去。」

雖然朱里說只不過是把材料切一切放進鍋裡，但她吃到蝦子的時候笑得比我還開心。

「因為我越想越覺得皐月消失是我造成的。結果我最後還是沒找到她。」

「妳對自己太苛刻了。妳這麼努力地找尋皐月，她應該高興才是。」

「但我還是什麼都做不了。」

朱里趁我消沉的時候搶走了最後一隻蝦子，此時我的ＩＧ收到了訊息。

「啊！是時翔傳來的！」

訊息標題寫著傳送者的帳號「Tokito」，後面還有預覽內容「初次見面，樹跟我說……」，不會錯的。

「我也要看！」

朱里不知何時也湊到我身後，我們一起讀訊息。

『初次見面，樹跟我說有人在找我，所以我申請了帳號，傳訊息給妳。我可不可以先請教 MOON 小姐為什麼要找我呢？』

終於聯絡上時翔了，我感動到拿著手機的手微微發抖。

「真的是時翔耶，妳真厲害。」

「終於找到了……」

我用顫抖的手指回覆訊息，不斷地打錯又訂正，好不容易才寫完。

「不用那麼嚴謹啦，就算有錯字還是能表達出妳的心情。」

因為我修改太久，朱里在後面厭倦地說道。

「就算這樣，我還是想要寫得完美。」

我回覆說，我有些跟千代子有關的事要告訴他，希望在我們兩人的春假期間，等他考完試之後約在東京見面。訊息很快顯示了「已讀」，接著傳來滿是錯字的回覆，足見他有多慌張。

「妳看，就算有錯字還是能表達出心情吧。」

「的確。」

「傳達情緒比傳達文字重要多了。」

「說是這樣說，但妳的訊息老是一堆錯字。」

「呃……」

原本振振有詞的朱里無言以對，我們望著彼此，同時笑了出來。

在千代子和時翔通信一年後的新年期間，這段跨越百年的愛情故事終於翻開了最後一章。

距離約定的時間還很久，我卻忍不住加快腳步。

各地的春天應該都一樣舒適，但我到了東京卻覺得空氣比平時清新好幾倍。

我回想八月和朱里一起在大熱天裡奔波，還有十二月在寒風中獨自徘徊的回憶，一邊推著師傅的輪椅。

「美月，不用走得這麼快吧。」

師傅回頭說道。

「啊，對不起。」

「我沒關係，我只是擔心妳太累。」

雖然師傅故作鎮定，但他到達東京站後一直顯得很緊張。

師傅拜託主治醫生，得到了一天的外出許可，不過護士送他到醫院門口時還不斷叮嚀「一定要避免激烈運動」。就算不做激烈運動，我也很擔心師傅等一下血壓會飆高，所以勸他先吃藥。

「妳真的很努力呢，美月，真的很感謝妳。」

師傅配著水服藥之後，再次向我道謝。

「您都說多少次了啊。我才想感謝您讓我有機會參與這麼美好的事。」

「聽到妳這麼說，真讓我開心。」

言談之間，我們看到了約定地點的那棵枝垂櫻，它的枝幹比常見的染井吉野櫻更柔軟，像是在歡迎我們。

盛開的櫻花樹下站著一個男生。師傅一看見他，就把裝著千代子信件的包包抱得更緊。

「終於到了這一天。」

「是啊，終於等到了。」

我停下腳步，做了個深呼吸，握著輪椅把手的手心都是汗水。

我努力鎮定下來，一步步地往前走。如果不集中精神，好像隨時都會跌倒。

走了幾公尺，櫻花樹下的男生看見了我們就低頭鞠躬，我和師傅也低頭回禮。男生朝我們跑了過來。

「你是時翔吧？」

被我這麼一問，他立刻點頭。就像我聽說的一樣，他的眼角有三顆痣。

「是的，你們是千代子的兒子和 MOON 小姐吧？」

終於見到了。我們終於見到他了，千代子。

我心中充滿感動，默默地向素未謀面的千代子報告。雖然什麼都還沒告訴時翔，但是各種情緒糾結在一起，讓我都快哭出來了。

「時翔，我就不說廢話了，能否請你看看這封信。」

師傅一邊說，一邊遞出信件，時翔用雙手接過去，深深吸了一口氣。

「這是千代子的……」

「是的，這是我母親在臨終時寫給你的信。」

聽到這句話，時翔努力抑制雙手的顫抖，小心翼翼地拆開信封，拿出信紙。

攤開信紙的瞬間，時翔一看到千代子的字跡就流下了豆大的淚滴。

師傅看見他這模樣，就面帶微笑轉過頭來，小聲地說：

「我們走遠一點吧。」

幾分鐘後，時翔帶著哭腫的眼睛走過來。

「真的……真的很感謝你們。我很喜歡千代子，後來碰上那些事而無法繼續通信，我一直很懊悔為什麼沒有早點發現震災的事，千代子一定很氣我沒有警告她吧。如今看到了這封信，說得誇張點，我由衷覺得活著真好。真的很謝謝你們費這麼多心思找我。」

聽到時翔的話，我的視野變得模糊了。師傅也用手帕擦著眼角。

「我才要謝謝你。我的母親說過，都是因為有你，她才能從震災中撐過來。她和我的父親結婚之後，心裡還是一直記著你。」

聽到師傅這番話，我也頻頻點頭。

「我也很高興能參與這麼美好的事，我永遠都不會忘記的。」

「妳太客氣了。真的很感謝你們。」

時翔又說：

「對了，千代子的兒子和美月小姐是什麼關係啊？是父女嗎？」

看到時翔一臉正經地交互打量我們兩人，我忍不住笑出來。

「不是啦，我從高中開始學弓道，這位是我的弓道師傅。」

正在回答時，我突然發覺時翔的問題有些不對勁。

我一邊看著時翔點頭說「這樣啊」、師傅笑著說「我當她的爸爸未免太老了」，一邊努力思索，終於發現是哪裡不對勁。

剛剛時翔問「千代子的兒子和美月小姐是什麼關係」。

千代子的兒子，美月小姐。他確實是這樣說的。

為什麼時翔會知道我的本名？

看著他們兩人相談甚歡，我在一旁拚命回想。

我沒有在ＩＧ公開過自己的本名，跟時翔交流時也沒提過自己的本名，對他的朋友樹也沒說過。話說回來，時翔剛見到我的時候明明稱呼我「MOON小姐」。

「為什麼？」

聽到我的喃喃自語，兩人都疑惑地轉過頭來。

「怎麼了？」

我不太敢問，但直覺告訴我不能不問，所以我還是說出口了。

「時翔，你為什麼會知道我的本名？」

沉默頓時包圍了我們。

「美月小姐，妳認識芽衣吧？」

「芽衣？不好意思，我不知道……」

時翔見我一臉困惑，像是察覺了什麼。

「喔，對了。就是皋月啦，她之前在ＩＧ和妳很要好。」

突然聽到皋月的名字令我不知該怎麼反應，我驚訝到差點停止呼吸。

「皋月……？為什麼你會知道皋月……」

「她是我的朋友。芽衣每次見到我都會提起妳，所以收到MOON的訊息時，我立刻就發現是妳。先前一直沒有告訴妳真是抱歉。」

時翔一臉愧疚地說。

我覺得自己好像在作夢。我的腦袋聽得懂時翔說的話，但是……

「為什麼？為什麼皋月老是提起我，卻又離開了我？是因為我問了不該問的事嗎？」

「不該問的事？」

「是因為我問了她有沒有男友，她才突然消失的。」

時翔聽完之後想了一下，然後說：

「不好意思，我用自己的事情來舉例好了。我也曾經擔心表明心意會引起千代子反感，不再跟我通信，所以遲遲無法說出口。」

時翔這句話聽得我似懂非懂。師傅盯著我看，好像已經從我們的對話聽出了端倪。

「這跟我們的事有什麼……」

說到一半，我突然明白了，原來皋月對我也有相同的心情。我想起自己說過「我覺得妳一定很快就會找到很棒的男友」，那只是一句無心之言，但皋月聽了一定很受傷，很難過。唉，我怎麼會這麼笨、這麼遲鈍。

「怎麼辦，我傷害了皋月。我真想向她道歉，但我或許不應該再找她……」

就算找到了皋月，我也沒辦法回應她的感情。皋月多半也不想再見到神經這麼大條的我吧。

但是要我忘記和皋月之間的回憶、和皋月之間的關係，我也做不到。

該怎麼做才好呢？我想不到答案。

時翔的視線轉向他無比珍惜地拿在手上的千代子的信件。

「我和千代子再怎麼想見面也見不到彼此，妳們既然有辦法見面說話，沒理由不見面吧。」

我呆呆地看著千代子的信，重新整理自己的心情。

知道皋月的心意之後，我對她的感情並沒有改變，反而更想和她好好相處。如果皋月願意，我還是想跟她當好朋友。

「芽衣也說過，如果妳能原諒她，她很想再跟妳說話。就算當不成戀人，她也想用真實的一面和妳當朋友。」

要鼓起勇氣，把心意傳達給對方。我已經從時翔和千代子的身上學到這件事有多重要了。

「時翔，你知道皐月的聯絡方式嗎？」

「當然知道。但我不能自作主張，還得先問過她才行。」

「謝謝你。這是應該的。」

我含著眼淚笑了，時翔露出戲謔的笑容說：

「交給我吧，這次換我當妳們的信差。」

聽到他堅定的語氣，師傅也笑著點點頭。

此時吹來一陣強風，垂枝櫻搖曳著枝枒。隨風飄來的淡色花瓣像是在祝福這段超越時空的愛情，也像是期盼著我和皐月的重逢。

終章

前往機場的途中，車內比平時更安靜。握著方向盤的爸爸正在專心開車，坐在副駕駛座的媽媽則是一副若有所思的樣子。

我偷偷瞄向難得不發一語的裕翔，發現他正在揉眼。裕翔發現我在看他，急忙把臉轉開。

回覆了樹他們傳來的訊息之後，我不經意地往外看，正好看到補習班的招牌從車窗外掠過，我在心中默默說著「再見」。

「妳為什麼要這麼拚命地找一個沒見過面的網友呢？」

那一天，我向美月小姐說出了長久以來的疑問。我是在芽衣找我商量煩惱的那天發現了美月小姐正在找她。當時芽衣本來要離開，卻又突然跑回教室，其實是因為看到美月小姐在櫃檯和補習班老闆說話而驚慌不已。

「因為皐月說了我一直希望聽到的話。」

芽衣喜歡美月小姐嚴謹的文章。芽衣給她的「讚」比她在ＩＧ得到的幾千個「讚」都更溫暖，令她無法忘懷。

車子遇到紅燈而停下來。我突然想再看一次千代子寫給我的最後一封信。因為我不想在家人面前把信拿出來，所以把拍下來的照片放大來看。

其實我已經讀過無數次了，早就把信中的內容背得滾瓜爛熟。

千代子工整的字跡散發著那天綻放的櫻花香味。

『時翔：

你好嗎？依照你的個性，想必每天都活在身邊人們的關愛之中，過得非常開心。

謝謝你當時那封信。我在那場地震中奇蹟似地活下來了，還活到這麼老。

地震過了幾週後，我回到我家以前所在的地方，發現了你寫的信。其他東西明明全都被燒光了，或許是火勢熄滅之後才寄達的吧。

謝謝你試圖幫助我。我看到你的信就哭得停不下來。

雖然我任性地表露了心意，你還是這麼關心我。我立刻回信給你，信卻沒有再跑去你的時代。

對了，我已經親眼見識過洗衣機和冷氣機了。我忍不住想著，我是最早想出洗衣機的人呢。除此之外還有很多你提過的機器，生活變得越來越舒適。

時翔，你還記得你以前對我說過「妳保持原樣就好了」嗎？如今想想，或許過去的我一直很想聽到別人對我這樣說。就是因為有那句話，我才能度過這麼多痛苦辛酸。非常感謝你給了我這麼美的一句話。

我很想當面向你道謝，但我現在生了病，很快就要離開世界了。

時翔，我們一定會在未來的某一刻相遇。我很期待。

千代子』

千代子說「非常感謝你給了我這麼美的一句話」。原來我也給了千代子溫暖到難以忘懷的、大大的「讚」。

雖然來不及表達心意讓我後悔不已，但千代子如果因為我說過的話而變得更積極樂觀，這比什麼事都令我開心。

「我的思念會持續千代。」

千代子的兒子說，千代子在世時曾經引用自己的名字說過這句話，還說她不會輸給「時翔」。

跨越百年，跨越千年。如果我還有機會和千代子說話，我一定要告訴她，我好喜歡她的溫柔和堅強。

綠燈亮起，停止的車子繼續前進。

我告別了熟悉的東京，思緒飛往今後的生活。

特別附錄影片　全購書讀者特別招待

為紀念本書發售，特此準備了唯有購買本書的讀者們可以觀看的特別附錄影片。
請用智慧型手機掃描底下的ＱＲ碼即可觀看。

觀看方法

請利用智慧型手機掃描ＱＲ碼，並依循畫面指示欣賞影片。
※建議透過 Wi-Fi 等網路進行觀看。

注意事項

- 本影片內容可能不經預告進行變更。
- 預定公開至 2023 年 9 月，但可能不經預告中斷公開。
- 朗讀內容與本書刊載作品有些許差異。
- 觀看本內容時若發生手機異常、故障，或觀看者身體不適，本公司不負一切責任。請自行斟酌觀看。
- 若未經許可公開影片或 QR 碼，本公司將採取相對應之行動。

[首次公開]
本作是由 monogatary.com「YOASOBI contest vol.2」
得獎作《大正浪漫》大幅擴充修改而成。

[編輯協助]
索尼音樂娛樂股份公司

[封面繪圖]
窪之內英策

[特別致謝]
NTT docomo「Quadratic Playground」

[日文版書籍設計]
bookwall

嫣文化

大正浪漫YOASOBI「大正浪漫」原作小說

（原名：大正浪漫YOASOBI『大正浪漫』原作小說）

著　　者／NATSUMI
執　行　長／陳君平
榮譽發行人／黃鎮隆
協　　理／洪琇菁
譯　　者／HANA
美術總監／沙雲佩
美術編輯／李政儀
執行編輯／石書豪
國際版權／黃令歡、高子甯
內文排版／謝青秀
文字校對／施亞蒨

出　　版／城邦文化事業股份有限公司　尖端出版
台北市中山區民生東路二段一四一號十樓
電話：（〇二）二五〇〇—七六〇〇
傳真：（〇二）二五〇〇—二六八三
E-mail: 7novels@mail2.spp.com.tw

發　　行／英屬蓋曼群島商家庭傳媒股份有限公司城邦分公司　尖端出版
台北市中山區民生東路二段一四一號十樓
電話：（〇二）二五〇〇—七六〇〇（代表號）
傳真：（〇二）二五〇〇—一九七九

中彰投以北經銷／楨彥有限公司（含宜花東）
電話：（〇二）八九一九—三三六九
傳真：（〇二）八九一四—五五二四

雲嘉以南／智豐圖書有限公司
（嘉義公司）電話：（〇五）二三三—三八五二
傳真：（〇五）二三三—三八六三
（高雄公司）電話：（〇七）三七三—〇〇七九
傳真：（〇七）三七三—〇〇八七

香港經銷／一代匯集
香港九龍旺角塘尾道六十四號龍駒企業大廈十樓B&D室
電話：（八五二）二七八三—八一〇二
傳真：（八五二）二五八二—一五二九

新馬經銷／城邦（馬新）出版集團 Cite（M）Sdn. Bhd.
E-mail: cite@cite.com.my

法律顧問／王子文律師　元禾法律事務所
台北市羅斯福路三段三十七號十五樓

二〇二三年一月一版一刷
二〇二四年一月一版三刷

■中文版■

郵購注意事項：
1.填妥劃撥單資料：帳號：50003021戶名：英屬蓋曼群島商家庭傳媒(股)公司城邦分公司。2.通信欄內註明訂購書名與冊數。3.劃撥金額低於500元，請加附掛號郵資50元。如劃撥日起 10～14日，仍未收到書時，請洽劃撥組。劃撥專線TEL：(03)312-4212 ・ FAX：(03)322-4621。E-mail：marketing@spp.com.tw

國家圖書館出版品預行編目資料

大正浪漫 YOASOBI『大正浪漫』原作小說 /
NATSUMI 作 ; HANA 譯 . -- 1 版 . -- [臺北
市] : 城邦文化事業股份有限公司尖端出版
: 英屬蓋曼群島商家庭傳媒股份有限公司城
邦分公司發行 , 2023.01
面 ;　公分
ISBN 978-626-338-826-0 (平裝)
譯自 : **大正浪漫 YOASOBI『大正浪漫』原作小説**

861.57　　111017954